W0088960

Amadou Hampâté Bâ

Die Kröte, der Marabut und der Storch
und andere Geschichten aus der Savanne

AMADOU HAMPÂTÉ BÂ

Die Kröte, der Marabut und der Storch

und andere Geschichten aus der Savanne

Aus dem Französischen
von Gudrun und Otto Honke

Mit Illustrationen von Juliane Steinbach

Peter Hammer Verlag

Erzählung, die du oft erzählt wurdest,
Erzählung, die du erzählt werden sollst …
Bist du wahr?
Für die Kinder, die herumtollen im Licht des Mondes,
ist meine Erzählung eine fantastische Geschichte.
Für die Baumwollspinnerinnen in den langen Nächten
der kalten Jahreszeit
ist meine Erzählung ein willkommener Zeitvertreib.
Für ein bärtiges Kinn und runzelige Hacken
ist sie eine wahre Offenbarung.
Ich bin unnütz, nützlich und lehrreich zugleich.
Spule sie also für uns ab!

Inhalt

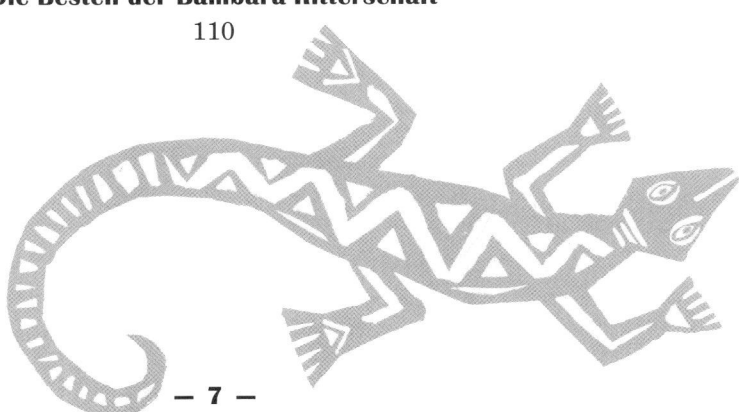

Der Streit der beiden Eidechsen

oder

Es gibt keinen kleinen Streit

Zu der Zeit, als sich alle Geschöpfe auf der Erde noch untereinander verstanden, lebte in einem kleinen Dorf, mitten in einer fruchtbaren Gegend, ein wohlhabender Familienchef. Seine alte Mutter wohnte noch bei ihm.

Auf dem weitläufigen, von einer Hecke umgebenen Besitz standen die Häuser der verschiedenen Familienmitglieder, und eine Anzahl Tiere, unter ihnen ein Hund, ein Hahn, ein Ziegenbock, ein Ochse und ein Pferd, liefen dort in Freiheit umher.

Eines Tages verstarb in einem Dorf, das ungefähr zwei Tage Fußmarsch entfernt lag, ein alter Mann, der berühmt war für seine Weisheit. Das Familienoberhaupt sah sich verpflichtet, an den Beerdigungsfeierlichkeiten teilzunehmen, und wollte sich zusammen mit anderen Dorfbewohnern auf den Weg machen.

»Ich fühle mich sehr erschöpft«, sagte ihm seine alte Mama. »Komm wieder, so schnell du kannst.«

»Sei beruhigt, Mutter, ich werde mich dort nicht lange aufhalten. In fünf oder spätestens in sechs Tagen bin ich zurück.«

Seine Mutter erteilte ihm den Segen für die Reise, ging in ihr Haus und legte sich zu Bett.

Bevor er aufbrach, rief der Familienchef den Hund: »Hund«, schärfte er ihm ein, »während meiner Abwesenheit bist du der Grundstückswächter. Bleib hier am Eingang zum Anwesen. Überwache alles, was drinnen und was draußen geschieht, und verlasse auf keinen Fall deinen

Posten. Wenn sich auf dem Grundstück ein Zwischenfall ereignet, sollen sich der Hahn, der Bock, der Ochse oder das Pferd darum kümmern und, wenn nötig, wieder Ordnung in die Sache bringen. Hast du mich wohl verstanden?«

»Ja, Herr!«, erwiderte der Hund. Und um seinen Worten eine Geste folgen zu lassen, wedelte er mit dem Schwanz und hob den Kopf, denn er wollte gestreichelt werden. Der Herr tätschelte ihm liebevoll den Schädel und begab sich dann beruhigt zu seinen Weggefährten.

Zwei Tage nach seiner Abreise, zu sehr früher Morgenstunde, als die ersten Sonnenstrahlen die Hausdächer in ein noch blasses goldenes Licht tauchten, vernahm der Hund ein merkwürdiges Geräusch, das aus dem Haus der alten Mama zu kommen schien. Die alte Frau schlief noch unter ihrem Moskitonetz. Neben ihr brannte sachte eine Öllampe.

Zufällig lief der Hahn gerade vor dem Haus der alten Frau pickend hin und her, er war auf der Suche nach ein paar von den Mörsern verschonten Hirsekörnern.

»He, Hahn!«, rief der Hund.

»Was willst du von mir, Hund?«

»Was ist das für ein Geräusch, das, so scheint mir, aus dem Haus kommt, in dem die Mutter des Herrn sich ausruht?«

»Das sind zwei Eidechsen, die an der Zimmerdecke entlanglaufen und sich prügeln. Sie streiten sich schon eine ganze Weile um eine tote Fliege.«

»Ich bitte dich, Hahn, geh zu ihnen und fordere sie auf, ihren Kampf zu beenden. Und wenn sie nichts davon wissen wollen, dann trenne sie mit Gewalt.«

»Wie das, Hund!«, empörte sich der Hahn, und der Kamm bebte ihm. Du verlangst von mir, dem König des Hühnerhofs, der mit der Aufgabe betraut ist, jeden Morgen den Sonnenaufgang anzukündigen, dass ich mich mit einem Streit zweier Eidechsen abgebe?«

»Die Mutter unseres Herrn ist krank«, beharrte der Hund. »Der Lärm, den die Eidechsen veranstalten, könnte sie stören. Im Übrigen gibt es keinen kleinen Streit, wie es auch kein kleines Feuer gibt. Niemand weiß, was daraus entstehen kann.«

»Dann trenne die Streitenden doch selbst!«

»Das kann ich nicht. Der Herr hat mir befohlen, mich hier nicht von der Stelle zu rühren.«

»Dann sieh zu, wie du zurechtkommst! Das ist nicht meine Sache. Und überhaupt, wer wird sich schon um einen Streit unter Eidechsen scheren?«

Und während er noch seine langen Schwanzfedern spreizte, fing der Hahn wieder an, mal hier, mal da zu picken.

Der Bock, der einen Bart hatte wie ein Patriarch, lief vorüber.

»He, Bock!«, rief der Hund.

»Was willst du von mir?«, fragte der Bock.

»Wärst du so freundlich, die beiden Eidechsen zu trennen, die sich im Haus unserer Herrin prügeln? Es gibt keinen kleinen Streit …«

»Für wen hältst du mich?«, sagte der Bock mit meckernder Stimme. »Du wagst es, dich an mich zu wenden, den weit und breit anerkannten Herrscher einer Hausgemeinschaft Ziegen, wohingegen der Hahn es abgelehnt hat, sich der Sache anzunehmen? Wenn dich diese Prügelei stört, warum kümmerst du dich dann nicht selbst darum?«

»Der Herr hat mir befohlen, mich nicht vom Tor wegzubegeben, solange er auf Reisen ist.«

»Na gut, dann bleib am Tor, lass uns in Frieden und lass die Eidechsen sich streiten! Alles, was ihnen passieren kann, ist, dass sie zu Boden fallen und sich beim Aufprall den Schädel zertrümmern, und da geschähe ihnen nur recht. Noch nie hat ein Streit zweier Eidechsen jemandem Schaden zugefügt. Eidechsen, die sich zanken, also wirklich!« Und indem er verächtlich seinen Kinnbart hob, entfernte sich der Bock.

Während der ganzen Zeit bekämpften sich die beiden Eidechsen weiter, bissen sich, traten mit den Pfoten nach dem Gegner und schrien sich wütend an. In seiner Besorgnis rief der Hund den Ochsen, der friedlich in einer Hofecke lag und wiederkäute.

»Ochse, Ochse!«

»Was willst du von mir?«, muhte der Ochse. Zweifellos war er aus einem angenehmen Traum herausgerissen worden.

»Zwei Eidechsen prügeln sich im Haus unserer Herrin. Wärest du so freundlich, hinzugehen und sie zu trennen? Kein Streit ist klein. Niemand weiß, was daraus entstehen kann …«

»Ein Streit unter Eidechsen!« Der Ochse lachte schallend. »Du willst, dass ich, der Ochse, das stärkste und älteste Tier in diesem Anwesen, dass ich mich mit einem Streit zweier Eidechsen abgebe? Kein Wort mehr davon, Hund! Oder ein Stoß mit meinen spitzen Hörnern, und ich durchbohre dir den Bauch!«

Der Hund klappte seine Ohren herunter und schwieg. Die Eidechsen lärmten nur noch mehr und fuhren fort in ihrem wütenden Kampf.

Als er das Pferd vorbeikommen sah, unternahm der Hund einen letzten Versuch: »He, Pferd!«

»Was ist los, Hund?«

»Wärst du so freundlich und trennst die beiden Eidechsen, die sich im Haus der alten Mama um eine Fliege prügeln? Wie du weißt, gibt es keinen kleinen Streit …«

»Wahrhaftig, Hund«, wieherte das Pferd, »du hast eine überaus schlechte Meinung von mir. Weil der Hahn, der Bock und der Ochse mit dieser lächerlichen Angelegenheit nicht behelligt werden wollten, willst du, dass ich mich damit herumschlage, ich, das edelste der Tiere, ein Vollblut, dessen Bestimmung ausschließlich das Pferderennen ist? Was interessiert mich das, mich, ein Streit zweier Eidechsen um eine tote Fliege! Geh und kümmere dich selbst darum!«

»Das kann ich nicht«, erwiderte der Hund. »Ich habe den Befehl erhalten, dass ich meinen Posten nicht verlassen darf.«

»Na gut, dann bleib, wo du bist, und lass uns in Frieden! Noch nie hat ein Streit unter Eidechsen irgendjemanden gestört.« Und indem es seine Mähne schüttelte, entfernte sich auch das Pferd.

Der Hund wusste nicht mehr, was er tun sollte, und schwieg ohnmächtig. Er senkte die Ohren, legte die Schnauze auf seine Vorderpfoten und blickte traurig in den Hof, wo manche geschäftig hin und her

liefen, andere umherspazierten und wieder andere eine Weile rasteten, niemand sich aber um irgendetwas Gedanken machte.

Aber da geschieht es, dass unsere zwei Eidechsen, während sie aufeinander losgehen, ihren Halt an der Decke verlieren und in die Öllampe stürzen. Der entzündete Docht fällt neben die Lampe, er kommt in Berührung mit dem Moskitonetz, das Moskitonetz fängt Feuer, und alsbald steht das Bett in Flammen. Die alte Mama ruft um Hilfe … Ihre Schreie dringen bis in die letzten Winkel des Anwesens. Man läuft herbei, rettet die arme Frau, schüttet Kalebassen voller Wasser auf das Bett und kann so das Feuer löschen. Aber ach, die arme Alte hat schwere Verbrennungen erlitten. Sie atmet noch, doch ihr Leben hängt an einem seidenen Faden.

Eiligst wird der Dorfheiler gerufen. Er untersucht die Verletzte, schüttelt den Kopf. »Wir müssen Hühnerblut auf die Verbrennungen geben«, sagt er. »Beschafft mir ein Huhn, ich werde es opfern und dabei die rituellen Gebete sprechen. Bereitet dann aus seinen Überresten eine Bouillon und versucht, sie der Kranken einzuflößen.«

»Da trifft es sich gut, dass wir einen Hahn auf dem Hof haben«, ruft jemand. Alle springen auf, jagen den Hahn, der in die vier Himmelsrichtungen flüchtet, mit den Flügeln um sich schlägt und Protest kräht. Verlorene Mühe! Bald fängt ein Mann ihn ein, packt ihn an den Krallen und bringt ihn nach draußen, wo er geopfert werden soll.

Als er beim Hund vorbei verfrachtet wird, die Krallen zuoberst, den Kopf nach unten baumelnd, ächzt der Hahn mit seiner vom vielen Schreien heiseren Stimme: »Ach, Hund! Hätte ich mich doch bloß um den Streit der beiden Eidechsen gekümmert! Sieh, das kostet mich heute mein Leben.«

»Allerdings!«, ruft der Hund ihm zu. »Ich hatte es dir ausdrücklich gesagt: Es gibt keinen kleinen Streit. Hättest du auf mich gehört, wärst du jetzt nicht da, wo du bist.«

Nachdem man den Hahn geopfert hat, werden die Brandwunden der Verletzten mit dem gewonnenen Blut behandelt, dann bereitet man eine gehaltvolle Hühnerbouillon zu.

Jemand geht hinaus und wirft dem Hund die Knochen hin. »Armer Hahn«, meint der Hund. »Wenn du deine Autorität eingesetzt hättest, um den Streit zu beenden, würde man mir heute nicht deine Knochen zu fressen geben!«

Aber ach! Bevor man ihr noch etwas von der Bouillon einflößen kann, tut die alte Mama ihren letzten Atemzug, ihre Verbrennungen sind zu schwer gewesen. Während alle im Haus in Wehgeschrei ausbrechen, holt ein Mann das Vollblut, sattelt es und befiehlt einem Jungen, der sich mit Pferderennen auskennt, aufzusteigen. Er reicht ihm eine Peitsche. »Beeil dich«, sagt er zu ihm. »Reite so schnell du kannst zu dem Dorf, wo sich der Familienchef befindet, teile ihm mit, dass seine Mutter gestorben ist, und bring ihn schleunigst her. Er allein ist für die Beisetzung zuständig.«

Begeistert, dass er das Vollblut reiten darf, springt der Junge ihm mit einem Satz auf den Rücken, versetzt ihm einen Peitschenhieb und stößt einen so lauten Schrei aus, dass das Pferd wie der Blitz davonschießt. Stunde um Stunde lässt er das Vollblut galoppieren, galoppieren, galoppieren … Er gibt ihm die Sporen und treibt das arme Pferd mit anfeuernden Rufen und Peitschenhieben so an, dass ihm Schaum vom Maul trieft und es schnaubend am späten Vormittag das benachbarte Dorf erreicht, als die Sonne eben im Zenit steht.

Inmitten der versammelten Menge entdeckt der Junge alsbald den Familienchef und setzt ihn von dem Drama in Kenntnis. Im Innersten aufgewühlt, hat dieser nur einen Gedanken: so schnell wie möglich nach Hause zurückzukehren und seiner Mutter die letzte Ehre zu erweisen, wie er es ihr schuldig ist. Er verschwendet keine Zeit damit, sich ein frisches Pferd zu beschaffen, vielmehr springt er auf den Rücken des Vollbluts, von dem noch der Schweiß tropft, lässt den Jungen hinter sich aufsitzen und hetzt nun seinerseits das Pferd mit der Peitsche auf den Weg zurück in sein Dorf.

Das arme Vollblut, das sich als zu edel erachtete, um sich mit einer ganz gewöhnlichen Eidechsengeschichte abzugeben! Niemals zuvor ist es einer solchen Prüfung ausgesetzt gewesen! Ausgepeitscht, die Sporen in seinen Flanken, eine zweifache Last auf dem Rücken, muss es im gestreckten Galopp den langen Weg hinter sich bringen, den es schon am Morgen unter so vielen Mühen entlanggeprescht ist.

Schweißbedeckt, die Flanken blutig, die Augen aus den Augenhöhlen hervorgetreten, so kommt das Pferd am späten Nachmittag vor dem Anwesen zum Stehen. Der Herr und der Junge springen herab und begrüßen die übrigen Familienmitglieder. Was das arme Pferd betrifft, so ringt es keuchend nach Luft, spuckt rötlichen Schaum und schleppt sich noch ein paar Schritte vorwärts … Dann steht sein Herz vor Erschöpfung still, und das Vollblut bricht neben dem Hund zusammen.

Bevor es sein Leben aushaucht, hat es noch die Kraft, dem Hund in einem letzten Seufzer hinzuhauchen: »Ach, Hund! Wäre ich nur deinem Rat gefolgt, dann ließe ich heute nicht wegen eines Streites zweier Eidechsen mein Leben!«

»Leider, mein Freund«, seufzt der Hund. »Das sind die tragischen Auswirkungen eines ›kleinen Streits‹.«

Inzwischen hat der Familienchef dem Leichnam seiner Mutter die letzte Ehre erwiesen und die Anweisung gegeben, ihr Grab auszuheben. Im Dorf ist es aber Brauch, dass man, bevor man den Verstorbenen bestattet, das Grab rituell »öffnet«, indem man das Blut eines Bocks darüber vergießt. Das Fleisch des Tieres dient dann dazu, die Gäste zu beköstigen, die kommen, um ihr Beileid zu bekunden.

Sogleich bemächtigen sich zwei Männer des Bocks, der es sich in seiner Arglosigkeit auf dem Hof bequem gemacht hat. An den Hörnern zerren sie ihn zum Ort der Opferung. Als er bei dem Hund vorbeigeschleift wird, meckert er traurig: »Oh, Hund! Wie recht hattest du doch! Hätte ich mich nur um den Streit der beiden Eidechsen gekümmert, dann würde man mich heute nicht opfern!«

»Bedauerlicherweise stimmt das, mein Freund«, antwortet der Hund. »Wenn du dir die Mühe gemacht und den kleinen Streit unterbunden hättest, müsstest du nicht heute dein Leben lassen.«

Nachdem man dem Bock die Kehle durchgeschnitten hat, sammelt ein alter Mann sein Blut und vollzieht die rituelle »Öffnung« des Grabes. Man legt die alte Frau hinein, wie es sich gehört, mit all den Ehren, die ihr nach ihrer Stellung und ihrem Alter gebühren. Die Reste des Bocks werden gebraten, um die Gäste zu beköstigen, und auch der Hund erhält seinen Anteil an Fleisch und Knochen …

Vierzig Tage nach dem Tod, dem Zeitpunkt, an dem die Seele der Verstorbenen, wie man annimmt, sich von den letzten Bindungen befreit, die sie noch in der irdischen Welt halten, strömen die Bewohner aller Nachbardörfer zu der großen »Vierzigtagefeier« herbei. Um die Menge zu bewirten, bleibt dem Familienoberhaupt nichts anderes übrig, als den Ochsen zu opfern. Bevor der stirbt, ruft er dem Hund zu: »Oh Hund! Wäre ich doch nur auf deine Bitte eingegangen und hätte mich um den Streit der beiden Eidechsen gekümmert!«

Mitleidsvoll stößt der Hund einen tiefen Seufzer aus. Als man ihm wenig später aber eine ordentliche Portion Knochen und Fleischstücke bringt, schlingt er alles anstandslos herunter.

So ließen wegen des Kampfes zweier Eidechsen um eine tote Fliege nicht nur unsere stolzen Freunde – der Hahn, der Bock, der Ochse und das Pferd – ihr Leben. Der kleine Streit, mit dem niemand sich befassen wollte, hatte auch ein Feuer zur Folge und einen Tod, der die ganze Hausgemeinschaft in Trauer stürzte. Nur der Hund, der treu seine Pflicht erfüllt hatte, überstand den Sturm ohne Schaden und erhielt überdies eine unerwartete Belohnung …

Dieses Märchen*, das gelegentlich die Überschrift »Ein Nichts tötet alles« trägt, dient in Afrika dazu, folgendes Sprichwort zu veranschaulichen: »Es gibt keinen kleinen Streit, so wie es kein kleines Feuer gibt.«
Bei uns lehren die Alten die Jungen: »Wenn ihr bei einem Streit zugegen

---

* Im Oktober 1969 hat A. H. Bâ dieses Märchen (in Kurzform) vor dem Exekutivrat der UNESCO vorgetragen, um auf die potenziellen Gefahren des arabisch-israelischen Konflikts aufmerksam zu machen. In seinem Nachlass finden sich verschiedene Fassungen des Märchens, die vollständigste ist hier veröffentlicht.

seid, so nebensächlich er auch scheinen mag, trennt die Streitenden und scheut keine Mühe, die beiden Parteien zu versöhnen. Denn allein Feuer und Streit sind auf unserer Erde dazu imstande, dass sie Kinder gebären, die gewaltiger sind als sie selbst: einen Flächenbrand oder einen Krieg.«

Die Hyäne und der schlafende Löwe

Ein Märchen aus Westafrika

Eines Tages stieß die Hyäne auf den Löwen, wie er lang ausgestreckt unter Büschen lag. Der König der Savanne schlief so fest, dass sie ihn für tot hielt.

»Oje, oje!«, lachte sie höhnisch. »Der Despot ist also von einer Macht hinweggerafft worden, die über ihm steht: dem Tod. Wahrhaftig, nur der Tod kann ihn so niederstrecken: das Maul weit offen, die Krallen eingezogen … Möge Gott verhindern, dass der Grausame ins Leben zurückkehrt, und gebe der Allmächtige, dass auch alle noch lebenden Exemplare seiner Gattung verschwinden!«

Mutig geworden, wagte sie sich näher an den Löwen heran und spuckte ihm auf den Kopf: »Schande über dich, du Kurzsichtiger, Sohn einer Einäugigen, Enkel von Blinden! Du bist nun tot, und deine Asche wird sich in alle vier Winde verstreuen!«

Dann fragte sie sich: »Worin war mir der Löwe denn eigentlich überlegen? Ich werde mich mit ihm messen, um es herauszufinden.« Und sie streckte sich in ihrer ganzen Länge an der Seite des Herrn der Savanne aus. »Na also«, meinte sie, »ich stelle fest, dass wir von gleicher Größe sind, dass wir den gleichen Brustumfang und die gleiche Halsweite besitzen. Ich weiß wirklich nicht, warum ich so viel Angst vor ihm hatte. Oh Gott, wecke den Blutrünstigen doch wieder auf! Bei seinem Anblick bekomme ich keinen Dünnschiss mehr. Von nun an bin ich es, die bei ihm Angstschweiß ausbrechen lässt. Seinem dünkelhaften Gebrüll setze ich mein gebieterisches, unerschrockenes Heulen entgegen, und mein Wagemut wird seiner Kühnheit einen Riegel vorschieben! Und jetzt verschwinde ich besser. Lassen wir ihn langsam, aber sicher verrotten.«

Die Hyäne wandte sich ab und wollte eben fortlaufen, da reckte sich der Löwe, schlug die Augen auf, hob den Kopf und sagte: »Hyäne, du lässt mich aber lange warten … Lauf schnell zum Fluss und hol Wasser. Ich will mich waschen.«

»Guten Tag, Löwe!«, entgegnete die Hyäne. »Nur meinem Gebet hast du es zu verdanken, dass du ins Leben zurückgekehrt bist. Ich muss dir sagen, die Zeiten haben sich geändert. Nunmehr sind wir alle gleich. Es gibt weder einen König noch Untertanen. Warum sollte ich für dich Wasser holen? Wenn du Lust verspürst, dich zu waschen, dann tu, wie dir beliebt. Und versuche nicht, mir Angst einzujagen: Wir sind gleich groß, wir haben den gleichen Brustkorb, unser Hals ist gleich lang, und was immer du willst, ist gleich … Von nun an fürchte ich dich nicht mehr!«

»Und seit wann ist das Gesetz der vollkommenen Gleichheit in der Savanne in Kraft?«, fragte der Löwe.

»Ach, du armer Wiederauferstandener! Ganz offensichtlich hat dein Aufenthalt in der anderen Welt bewirkt, dass du komplett verblödet bist …«

»Hör mir zu, Hyäne! Ich habe nicht geschlafen. Ich habe all die Schlechtigkeiten, die du über mich und meine Vorfahren gesagt hast, Wort für Wort mitbekommen. Da ich der Ansicht war, mir komme ein höherer Rang zu als dir, habe ich mich über deine Beschimpfungen hinweggesetzt. Doch weil ich jetzt aus deinem eigenen Mund erfahre, dass wir gleich sind, kann ich deine Worte nicht ungestraft lassen. Bereite dich also auf ein Duell vor!«

Die Hyäne brachte sich in Stellung, indem sie sich auf ihr Hinterteil stemmte. Der Löwe nahm Anlauf und sprang in die Höhe. »Nimm das, damit du wieder nüchtern wirst!«, schrie er, und mit einem Schlag auf die Brust warf er die Hyäne ungestüm zu Boden. Vor lauter Schreck besudelte sie sich mit ihren eigenen Exkrementen. Sie sammelte all ihre Kräfte, um sich wieder zu erheben, wobei sie taumelte wie ein kleiner

Hund, der laufen lernt, aber der Löwe ließ ihr keine Zeit dazu. Er stürzte sich auf sie und versetzte ihr einen Stoß, der sie sechs Armlängen weit zu Boden schleuderte. Zum zweiten Mal ließ die Hyäne ein Zeichen ihrer Empfindungen unter sich. Noch ganz benommen schleppte sie sich wimmernd ein Stück vorwärts, wollte sich aufrichten, doch ein dritter Schlag wirbelte sie durch die Lüfte. Als sie auf die Erde fiel, ließ sie … Unnötig, mehr davon zu berichten, ihr habt mich verstanden!

»Oh, Löwe«, ächzte sie, »ich habe es begriffen! Du bist immer noch der Herr der Savanne. Man hat mich getäuscht, ich bitte um Frieden. Übrigens habe ich nichts mehr in meinen Eingeweiden. Wenn du mich weiter schlägst, speie ich meine Gedärme aus … Gnade! Gnade!«

»Gehst du nun Wasser holen, damit ich mich waschen kann?«, fragte der Löwe.

»Daran soll es nicht liegen, Herr! Ich habe mich nie deinen Befehlen widersetzt und dir immer auch den kleinsten deiner Wünsche erfüllt.«

Und die Hyäne ging so viel Wasser schöpfen, wie der Löwe zu seiner Toilette benötigte.

Nachdem sie ihren Frondienst vollbracht hatte, schlich sie davon. Auf dem Schlachtfeld ließ sie drei Ekel erregende Haufen zurück, die bezeugten, wie heftig ihre Auseinandersetzung mit dem Löwen gewesen war. Auf ihrem Weg traf sie den Hasen.

»Guten Tag, Flinkfüßige!«, begrüßte sie dieser. »Wie ich sehe, hängt dein Hinterteil noch tiefer herab als gewöhnlich. Was ist dir zugestoßen?«

»Oh, Langohr!«, entgegnete die Hyäne. »Gerade habe ich einen Streit mit dem Großtuer durchgestanden. Ich habe ihm gezeigt, dass sich die Verhältnisse hier auf unserer Erde manchmal unverhofft ändern und dass es nicht immer die Gleichen sind, die zu befehlen haben.

Um mir zu beweisen, dass er immer noch der Stärkste ist, hat mich der Löwe zum Duell herausgefordert. Er hat mich angesprungen und mir mit der ganzen Kraft seiner Vorderläufe einen Stoß versetzt, doch anstatt mich zu Boden zu schmettern, ist er auf seinem Hintern gelandet, und zwar so heftig, dass er gegen seinen Willen einen kleinen ›Haufen der Schande‹ hinterlassen hat, das Zeichen seiner Niederlage. Erst nachdem er zum zweiten und dritten Mal mit mir zusammengeprallt war, begriff der Löwe endlich, dass er nichts mehr in den Eingeweiden hatte. Er bat mich also um Frieden, gerade in dem Moment, als ich ihm eine vierte Lehre erteilen und ihm eine Tracht Prügel verpassen wollte, die ihn für den Rest seiner Tage zum Krüppel gemacht hätte.«

»Oh, Flinkfüßige!«, rief der Hase aus. »Deine Behauptung verwundert mich. Ich kann nicht glauben, was du mir erzählst.«

»Erkennst du die Spuren und die auf dem Boden verstreuten Exkremente meines Gegners als Beweis an?«

»Sicherlich.«

»Nun, dann folge mir. Du kannst es mit deinen eigenen Augen sehen.«

Und sie machten sich auf zu dem Ort, wo der Kampf stattgefunden hatte. Dort angekommen, erklärte die Hyäne dem Hasen: »Hier hat das erste Gefecht stattgefunden. Nachdem der Löwe mich aufgefordert hatte, ich solle mich bereithalten, sprang er von der Stelle, die du dort siehst, acht Armeslängen weit in meine Richtung. Hier stieß er gegen mich. Mein Widerstand war aber so groß, dass er von mir abprallte, sich den Kopf stieß und sich dort überschlug. Und, ja gewiss, er ließ diesen schändlichen Haufen unter sich, den du siehst.«

Der Hase näherte sich dem fraglichen Haufen und untersuchte ihn sorgfältig.

»Sind das wirklich die Exkremente des Löwen?«

»Ja, sicher!«, rief die Hyäne höhnisch. »Wenn du gesehen hättest, wie er würgte und wie sein Hinterteil erbebte, als er das da von sich gab!«

Der Hase holte aus seiner Kleidung ein Säckchen und entnahm ihm ein schwärzliches Pulver.

»Dieses Pulver«, erklärte er, »hat eine besondere Eigenschaft. Wenn man damit ein Exkrement bestreut, wird der, von dem das Exkrement stammt, sterben.«

»Und was gedenkst du mit der Prise zu tun, die du zwischen deinen Fingern hältst?«, fragte die Hyäne besorgt.

»Bis jetzt«, antwortete der Hase, »habe ich vergeblich nach Exkrementen des Löwen gesucht, denn ich will die Savanne von dem despotischen Monarchen befreien. Eine Gelegenheit, die sich so unerwartet bietet, lasse ich mir auf keinen Fall entgehen! Ich werde also diese Hinterlassenschaften mit meinem Pulver bestäuben, und wenn sie wirklich vom Löwen stammen, dann ist sein Schicksal besiegelt!«

»Einen Augenblick, Gevatter Hase!«, bat die Hyäne. »Streue noch nichts auf diese Exkremente. Hier ist der Fall nicht ganz eindeutig, musst du wissen. Als der Löwe mit mir zusammengestoßen ist, hat er sich überschlagen, das ist unbestritten. Doch es gereicht mir nicht zur Schande, wenn ich dir sage, dass die Natur mir Hinterläufe zugedacht hat, die ein klein wenig kürzer sind als meine Vorderläufe, und es daher schwer für mich ist, ein vollendetes Gleichgewicht zu halten. Als der Löwe mich geschlagen hat, haben sich in meinen Eingeweiden Gase bemerkbar gemacht. Unwillkürlich ist meine Hand an meinen Hintern geglitten und … egal, ich muss es gestehen! ... und ich habe gemerkt, dass er benetzt war. Angesichts dieser Umstände kann ich nicht mit Sicherheit sagen, dass die Exkremente, die wir dort sehen, voll und ganz vom Löwen ausgeschieden wurden. Gehen wir weiter, was meinst du?«

»Gut, gehen wir!«, stimmte der Hase versöhnlich zu.

Etwas weiter kam ein anderer Haufen in den Blick. Der Hase streckte die Hand aus und wollte das magische Pulver darauf fallen lassen. Die Hyäne stürzte zu ihm hin und hielt seinen Arm zurück: »Höre, Gevatter Hase, es heißt, der Teufel habe die Hast in die Welt gebracht. Überstürze nichts, lass mich zuerst nachsehen, was es damit auf sich hat.« Und sie tat so, als würde sie die Exkremente untersuchen. »Ich fände es besser, wir gingen zum dritten Haufen«, meinte sie, »denn in diesem hier stecken ein paar Haare, die letztendlich von mir stammen könnten.«

Am dritten Haufen spielte sie die Verwirrte …

Dem Hasen, der immer noch eine Prise seines magischen Pulvers zwischen den Fingern hielt, platzte der Kragen: »Wenn es nicht noch einen vierten Haufen gibt, hat sich die Sache, glaube ich, erledigt! Ich bin mit meiner Geduld am Ende. Bisher habe ich jedenfalls nur Exkremente von dir gesehen und keine vom Löwen …«

In eben diesem Augenblick erschien der König der Savanne.

»Heda, Hyäne!«, rief er. »Was zeigst du da dem Hasen?«

»Ich zeige dem Hasen«, antwortete die Hyäne, »wie derjenige ›scheißt‹, der nicht zu unterscheiden weiß zwischen dem, was er vermag, und dem, was er nicht vermag, und der unüberlegt diejenigen angreift, die viel stärker sind als er selbst …«

»Was redest du da, Hyäne?«, fragte der Hase erstaunt.

»Ich sage: Retten wir uns, so schnell wir können, bevor … Oh! Schon wieder! …«

Wie die Fledermaus entstand

oder

Die merkwürdige Frucht einer ungewöhnlichen Liebe

Diély Boukary aus Bamako ist ein großartiger Griot, der die Saiten seiner Kora* kunstvoll zu zupfen weiß und ihr so eine Melodie entlockt, die in harmonischer Melancholie die Abenteuer dahingeschiedener Ahnen beschwört. Auch vermag er die Abende mit Märchen und galanten Geschichten aufzuheitern, eine für einen Griot nicht weniger wichtige Fähigkeit. Einige der Geschichten geben Anlass zum Lachen, andere regen zum Nachdenken an, wieder andere enthalten moralische oder spirituelle Lehren.
Eines Abends eröffnete er die Zusammenkunft mit dem brüderlichen Ausruf: »Höre, du große Familie, hört, ihr Kinder dieser Familie!«
Dann erzählte er uns von der Entstehung der Fledermaus, ganz zu Beginn der Welt.

Vor langer, langer Zeit gab es auf unserer Erde nur die Grashalme auf den Feldern, die Vögel und ein kleines Raubtier: den Fuchs. Dieser war so wendig wie ein Sperber und so gierig wie das Höllenfeuer, unter den Vögeln richtete er ein wahres Blutbad an. Er verschlang sie am Abend und am Morgen, ob klein, ob groß, ob jung oder alt, und hatte einen so großen Appetit, dass eines Tages nur noch ein einziger Vogel

---

* Saiteninstrument mit runder Kalebasse als Resonanzkörper. Die Kora ist das traditionelle Instrument der Malinke-Griots.

auf der ganzen Welt übrig geblieben war. Als der Fuchs sich dessen bewusst wurde, sagte er zu sich selbst: »Schade! Aber auch diesem letzten Individuum ist das Los von seinesgleichen beschieden. Das Gesetz über die Versorgung meines Magens kennt kein Pardon.«

Von da an begann zwischen den beiden Tieren ein erbitterter und stürmischer Kampf. Die Jagd hätte für den kleinen Vogel tragisch geendet, wenn er in dem Augenblick, als die Pranke seines Feindes nach ihm griff, aus einer plötzlichen Eingebung heraus nicht gerufen hätte: »He, Fuchs! Ich bin der einzige Überlebende aller meiner Artgenossen. Das letzte Samenkorn aller zukünftigen Vögel, und zwar der Tag- und der Nachtvögel, der See- oder der Waldvögel, der Vögel, die am Strand oder in den Dünen leben, ich bin ihre letzte *Hoffnung*. Ich bitte dich, Bruder Fuchs, im Namen des *Mitleids*, gewähre mir, dass ich mit dem Leben davonkomme!«

Ein einziges Mal stellte der Vater aller Füchse sein Eigeninteresse hintan. Er nahm in Kauf, dass er Hunger hatte und litt, nur damit der letzte Vertreter der Rasse weiterleben konnte, die er selbst ausgelöscht hatte. Damit nicht genug, um Vergebung zu erlangen, bot er dem kleinen Vogel seine Freundschaft an und erbat sich die seine.

Ein Abkommen wurde geschlossen. Der Fuchs wurde ein Früchtefresser. Er trank nicht mehr das warme Blut, sein Wesen milderte sich, er wurde sogar liebenswürdig und zuvorkommend. Tatsächlich versäumte er es nicht einen Tag, seiner Freundin einen Besuch abzustatten.

So standen die Dinge, während die Jahre unter Aufsicht des Schöpfers dahingingen und die Erde sich entrollte wie ein Teppich und Berge und die Pflanzenwelt zum Vorschein kamen.

Schließlich höhlte die Zeit, dieses magische Werkzeug, den Streit aus, der den Fuchs und den kleinen Vogel miteinander verfeindet hatte. Mit den Jahreszeiten war das Vögelchen übrigens zu einer bezaubernden Vogelfrau ihrer Gattung geworden. In ihrem vielfarbigen Federkleid war sie so verführerisch, dass sie das Herz des Fuchses gewann. Und für ihn war es die *Liebe*.

Die beiden früheren Feinde errangen die Krönung jeder glücklichen

Liebe, und sie vollzogen – ich bitte eure Ohren dafür um Verzeihung – das, was die Fulbehirten mit den höflichen Worten *kiri kipp* umschreiben.

Aus dieser hybriden Vereinigung entstand ein völlig neues Wesen: die Fledermaus mit hautartigen Flügeln, das Geschöpf, das fliegen kann und spitze Zähne besitzt, seine Jungen jedoch säugt. Und das ist der Grund, warum die Fledermaus ein Säugetier unter den Vögeln ist und ein Vogel unter den Säugetieren[*]…

Hier endet das Märchen …

Doch wer nachdenkt, dem erschließt sich der Gehalt in drei Worten: Hoffnung, Mitleid, Liebe. Diesen drei Tugenden verdankt sich zunächst die Rettung eines Lebens, dann der Sieg über eine ungezähmte Natur und schließlich die Vereinigung zweier verschiedener Wesen, die ein drittes erschaffen.

---

[*] Die Fledermaus dient u. a. als Symbol für Scharfsichtigkeit und feines Gehör. (A. H. Bâ: *Contes initiatiques peuls*, Paris 1994, S. 312.)

Die Handvoll Staub

Ein Märchen der Fulbe

In einem Dorf lebte ein reicher Mann. Er war so reich, dass er das Geld zum Fenster hinauswerfen konnte, und er fand Vergnügen darin, sich vor seinem Haus niederzusetzen und dort zu verweilen. Dabei blieb ihm nicht verborgen, dass jeden Morgen ein armer Mann an seiner Haustür vorbeikam: Der Mann ging ins Buschland und sammelte Reisig, das er dann verkaufte, um seine Familie zu ernähren.

Eines guten Tages sagte der Reiche zum Armen: »Jeden Tag sehe ich dich an meiner Tür vorbeigehen. Deine Armut erweckt mein Mitleid. Von nun an komme jeden Morgen zu mir und bitte mich um das Geld, das du für die täglichen Ausgaben deiner Familie benötigst. So musst du nicht mehr in den Busch gehen und Totholz suchen.«

Am nächsten Morgen erschien der Holzsammler vor dem Schwerreichen, grüßte ihn und wartete.

»Wie viel brauchst du für den Tag?«, fragte der Reiche und steckte die Hand in seine Tasche.

»Gib mir eine Handvoll Staub, das reicht vollständig«, antwortete der Arme.

Der Reiche, obwohl überrascht und verunsichert, bückte sich, hob eine Handvoll Staub vom Boden auf und reichte sie seinem Schuldner. Dieser dankte ihm, als habe er soeben eine Handvoll Edelmetalle erhalten, und ging dann wie gewöhnlich an seine Arbeit.

Am nächsten Morgen blieb der arme Mann wieder an der Tür des

Reichen stehen und bat ihn aufs Neue um eine Handvoll Staub. Der Reiche gab sie ihm.

So ging es ein paar Monate weiter, unkompliziert und ohne Probleme. Dann, eines schönen Tages, als der Reisighändler vorsprach und nach seiner Handvoll Staub fragte, entgegnete ihm der Reiche verdrießlich: »Hör zu, mein Freund! Wenn du deine Handvoll Staub willst, dann mach dir die Mühe, dich zu bücken und sie selbst aufzuheben. Du ermüdest mich allmählich!«

Als er diese Worte vernahm, brach unser Holzsammler in Lachen aus.

»Oh, reicher Mann!«, rief er aus. »da bist du nun ermüdet von der einfachen Forderung, mir eine Handvoll Staub zu geben. Sie kostet dich keine andere Mühe, als dass du dich bücken und sie vom Boden aufheben musst. Was wäre wohl geschehen, wenn ich jeden Morgen gekommen wäre und meine Hand aufgehalten hätte, damit du mir ein Geldstück hineinlegst? Lass mich besser selbst den Lebensunterhalt für meine Familie verdienen. Der Schweiß auf meiner Stirn wird mir niemals zur Last werden, da er mir jeden Tag etwas gibt; alles andere, was ihn, wann auch immer, ersetzen könnte, aber schon.«

Das Wort »nimm!« geht irgendwann immer demjenigen auf die Nerven, der es sagt. Obwohl es kein physisches Gewicht besitzt, wiegt es schwer, wenn es zu lange Zeit gesagt wird.

Die Kröte, der Marabut und der Storch

Ein Märchen der Fulbe

In einem Dorf, das hinter einem Hügel lag, lebte einst ein Marabut. Er verfügte über geheime Kräfte und verstand sich auf die Kunst, denen, die bei ihm Rat suchten, Glück zu verschaffen.

Herr Kröterich, der sich von seinem Schicksal benachteiligt sah, beschloss, die guten Dienste des Marabuts in Anspruch zu nehmen.

Eines Nachts, weit vor dem ersten Schimmer der Morgenröte, brach er auf. Er wanderte eine lange, lange Zeit, plagte sich und schwitzte auf dem Weg. Schließlich kam er zum Haus des Marabuts und klopfte an die Tür. Ein Hahn stand dort Wache. Der war damit beauftragt, die Besucher zu empfangen, sie einzulassen oder sie abzuweisen, wenn er es für richtig hielt.

»Guten Tag, mein Prinz!«, sagte der Kröterich zum Hahn, der auf seinem Kopf voller Stolz einen gezackten Turban aus scharlachrotem Fleisch trug. »Wenn ich mir Euren Turban ansehe, dann weiß ich, dass Ihr ein Prinz aus dem Volk der Hühnervögel seid. Viele Stunden habe ich mich gequält, denn ich musste auf meinem Weg hierher einen Berg überwinden, den irgendjemand – ich weiß nicht, wer – errichtet hat, um mich daran zu hindern, dass ich zu Euch gelange.«

»Wer seid Ihr?«, fragte der Hahn.

»Ich bin der Herr Kröterich. Ich wünsche den Marabut zu sehen. Ich möchte ihm meinen Fall vortragen und ihn bitten, er möge sich beim lieben Gott zu meinen Gunsten einsetzen.«

»Aus welchem Volk seid Ihr?«

»Ich gehöre zum Volk der Auf-dem-Hintern-Sitzenden.«

»Seid Ihr giftig?«

»Nein, mein Prinz.«

»Wartet, ich schaue nach, ob der Marabut aufgestanden ist.«

Der Hahn verschwand im Haus des Marabuts. Dieser war schon längere Zeit wach. Er hatte seine morgendlichen Gebete gesprochen und war nun dabei, seinen Rosenkranz herzubeten. Das Gesicht hatte er in Richtung der heiligen Kaaba gewandt, jenes in Mekka zu Ehren des Allmächtigen von Abraham errichteten heiligen Hauses, welches dann durch den Propheten Mohammed aufs Neue geheiligt und geweiht worden war – der Friede Gottes sei mit ihnen!

»Guten Morgen, Marabut!«, grüßte ihn der Hahn.

»Guten Morgen, mein pünktlicher Muezzin«, erwiderte der Marabut. »Hast du eine gute Nacht verbracht?«

»Ja, Marabut. Dank der Gnade Gottes und seines Propheten habe ich bis zum Morgengrauen geschlafen. Ehrwürdiger Marabut, seid Ihr bereit, einen Ratsuchenden zu empfangen?«

»Wer ist es?«

»Es ist Herr Kröterich aus dem Volk der Auf-dem-Hintern-Sitzenden.«

»Wie sieht er aus?«

»Er ist ein schwerfälliger, gedrungener Mann mit vier extrem kurzen Beinen.«

»Und was ist sein Beruf? Es kommt nicht infrage, dass ich Leute, die keinen Beruf haben, zu meiner Gefolgschaft zähle.«

»Ich glaube, von Berufs wegen vertilgt er diejenigen, die Euch stechen, Euch aussaugen und Euch belästigen, Euch andere Zweibeiner.«

»Aha! Aha! ... Nun gut, ein Feind ist ein Feind, und der Freund eines Feindes ist auch ein Feind, doch der Feind eines Feindes ist ein Freund. Wenn das, was du sagst, wahr ist, kann Herr Kröterich nur ein Freund sein. Lass ihn also eintreten.«

Der Hahn ging und sagte zum Kröterich: »Der Marabut erwartet Euch. Doch erlaubt, dass ich Euch einen Rat gebe. Der Marabut ist ein Diener des Allerhöchsten. Deswegen darf man ihm gegenüber auf keinen Fall etwas Schlechtes über den Herrscher der Himmel und der Erde sagen. Wenn Ihr das tut, schwillt ihm die Zornesader, und er wird mir umgehend befehlen, Euch aus dem Haus zu werfen. Ihr solltet nun wissen, wie Ihr ihm antworten müsst, wenn er Euch vom Allerhöchsten spricht.«

Herr Kröterich trat ein. Vor dem Marabut machte er eine tiefe Verbeugung, indem er zunächst den Oberkörper auf seinen beiden Vorderfüßen aufrichtete und ihn dann schnell wieder zur Erde fallen ließ.

»Herr Kröterich«, sagte der Marabut, »seid willkommen! Nehmt auf diesem Sessel Platz und erzählt mir, was mir die Ehre Eures Besuchs verschafft.«

Der Kröterich sprang auf den ihm angezeigten Sessel, richtete sich darauf bequem ein und sprach: »Ehrwürdiger Marabut, mir ist zu Ohren gekommen, dass der Allerhöchste und Ihr dicke Freunde seid, dass er die Bitten anhört, die ihm durch Eure Vermittlung zu Ohren kommen, und er sie sofort erfüllt. Ich bin daher gekommen, Euch meine Sache vorzutragen.

Neulich, als ich unterwegs war, begegnete ich dem Großen Bruder Pferd. Mir schien, dass er in höchster Eile war. Doch anstatt über mich hinwegzuspringen, ist er auf mir herumgetrampelt. ›Das massiert dir den Rücken und lehrt dich, dass du dich besser beeilst!‹, rief er spöttisch.

Zwei Tage nach diesem Zwischenfall wurde Großer Bruder Pferd von einem Leiden am Huf befallen. Eine Wunde sonderte eine übel riechende Flüssigkeit ab. Großer Bruder Pferd suchte meine Tante Fröschin auf. Sie befragte ihre zwölf magischen Kaurimuscheln und sagte ihm: ›Diese Krankheit hast du von einer Kröte bekommen. Und meiner Ansicht nach kann nur mein Neffe Kröterich dafür verantwortlich sein. Er hängt so eine Krankheit all denen an, denen er den Tod wünscht …‹

Wisset, Ehrwürdiger Marabut, meine Tante hat die Zauberkraft, die sie mir zuschreibt, von A bis Z erfunden, nur weil sie mir übelwill. Sie will sich an mir rächen, denn ich habe mich geweigert, ihre Tochter, Fräulein Fröschline, zu heiraten. Ich kann diese Situation nicht länger ertragen. Ich bin zu Euch gekommen, Ehrwürdiger Marabut, mit der Bitte um ein Zaubermittel, das mich bei allen beliebt macht und mir darüber hinaus viel Geld verschafft, was mir die Hochschätzung aller einbringen wird.«

Der Marabut nahm seine Holztafel. Er tauchte seine Schilfrohrfeder in die Tinte, die aus Wasser, Kohlepulver und Gummiarabikum zusammengemischt war. Er schrieb in geheimnisvollen Zahlen den Namen des Kröterichs, betrachtete das Ergebnis von allen Seiten und machte Anstalten, ein magisches, glücksbringendes Viereck um die Ziffern mit dem Namen seines Besuchers zu ziehen. Bevor er seine Feder ansetzte, erklärte er: »Herr Kröterich, in Eurem numerischen Namen kommt zweimal die Eins, zweimal die Drei, einmal die Vier, einmal die Sieben und einmal die Neun vor. Ihr seid also eine strahlende Achtundzwanzig. Ich will für Euch das Beste aller Zaubermittel herstellen. Alle werden Euch lieben und schätzen, selbst Eure Tante, und Ihr werdet so viel Geld erlangen, wie Ihr nur immer wollt.«

In diesem Augenblick betrat ein Storch, der vom Verzehr von Kröten lebte, ohne Vorankündigung das Haus. Als der Kröterich ihn erblickte, sprang er hoch und nahm Zuflucht hinter dem Wasserbehälter des Marabuts. Von dort aus fragte er ihn ganz leise: »He, Marabut, habt Ihr das Viereck schon ›geschlossen‹?«

»Nein«, antwortete der Marabut, »ich fange gerade erst damit an.«

»Dann haltet ein! Ihr müsst es unverzüglich in ein beschützendes Viereck umwandeln. Im Moment ist es mir nicht wichtig, dass ich etwas verdiene und dass ich geliebt werde. Vielmehr lege ich den größten Wert darauf, dass ich von Eurem Besucher nicht gefressen und hinuntergeschlungen werde, denn er ist es, der schon all meine Verwandten im Sumpf vertilgt hat.«

Man versucht nur etwas zu schnappen, solange man selbst nicht geschnappt wird!

Der Mann und das Krokodil

oder

Vergebliche Wohltat

Eines Tages vor langer, langer Zeit – als die Tiere und die Menschen sich noch verstanden – hatte ein unvorsichtiges Krokodil sich ziemlich weit an Land vorgewagt. Nun hatte sich aber zur selben Zeit im dichten Gras der Savanne ein Feuer entzündet.

Unser unglückliches Krokodil ist bald von den Flammen eingekesselt und von seinen angestammten Gewässern im Fluss abgeschnitten. Das Feuer kommt näher. Der Rauch hüllt das Tier ein. Es ist schon halb erstickt, und ihm fehlt es an Luft. Sich vorwärts tastend sucht es seinen Weg, unbeholfen stoßen seine Füße an die Steine, alles geht schief.

Plötzlich erblickt es in der Ferne einen kräftigen jungen Mann, der mit großen Schritten auf das Dorf zueilt und eine Last Blätter auf seinem Kopf trägt. Ein großer Sack hängt ihm von der Schulter.

Das Krokodil schreit, ruft um Hilfe. Der Mann bleibt stehen. »Was ist los, Krokodil? Was willst du?«

»Ich bitte dich, komm mir zu Hilfe. Ich werde hier sterben, wenn du mich nicht zum Fluss bringst.«

»Ich fürchte einen Streit«, sagt der Mann.

»Einen Streit? Vor welchem Streit hast du Angst?«

»Vor dem, der aus einer vergeblichen Wohltat entsteht.«

»Warum sollte ich die Wohltat eines Mannes nicht schätzen, die mich vor dem Sterben bewahrt?«, ruft das Krokodil empört.

»Wir werden ja sehen«, erwidert der Mann. »Alles, was an die Sonne kommt, das trocknet früher oder später …«

Er wickelt seine Füße in grüne Blätter, um sie vor dem Feuer zu schützen, bahnt sich seinen Weg bis zu dem Krokodil und wirft ihm den Sack hin.

»Kriech da hinein!«, sagt er ihm.

»Warum?«

»Damit ich dich in Sicherheit bringen kann, ohne dass es für mich gefährlich wird.«

»Das ist nur recht und billig!«, sagt das Krokodil. Es muss sich ziemlich krümmen, bevor es endlich in den Sack passt.

Der Mann hebt die schwere Bürde auf seinen Kopf, überwindet die in Flammen stehende Fläche und läuft bis zum Fluss. Dort legt er den Sack am Ufer ab und entfernt sich so weit, dass er vor dem Krokodil sicher ist.

»Krokodil«, ruft er ihm zu, »du befindest dich nun direkt am Flussufer!«

»Großzügiger Mann!«, antwortet das Krokodil im Sack. »Ich bitte dich, kröne deine Hilfe und die Wertschätzung, die du mir erwiesen hast, und trage mich bis ins Wasser. Dann kann ich mir wirklich sicher sein, dass ich vor dem Feuer errettet worden bin.«

Der Mann rückt sein Tuch zurecht, nimmt den Sack wieder auf und steigt vorsichtig in den Fluss. Damit das Krokodil sich in seinem Element fühlen kann, schleppt er sein Bündel weit genug vom Ufer weg.

»Du kannst herauskommen!«, sagt er zum Krokodil. »Du bist nun im Wasser.«

Das Krokodil kommt heraus, reckt sich und tut so, als wolle es in die Tiefe abtauchen. Doch plötzlich, bevor der Mann noch Zeit hat, wieder das Ufer zu erreichen, wirft es sich blitzschnell zurück, sein furchterregendes Maul schnappt zu und hat den Fuß des Mannes gepackt.

»Hör mir zu, Mann!«, sagt das Krokodil. »Mach mir jetzt keine Vorwürfe, denn seit einer Woche bin ich in der Wildnis umhergeirrt, und während der ganzen Zeit habe ich nichts zu fressen gefunden. Wenn ich dich nun gehen ließe, müsste ich hungers sterben.«

Der Mann ist empört über eine solche Ungerechtigkeit und schreit: »Schämst du dich nicht, dass du das Gute, das ich dir getan habe, mit Bösem entgiltst?«

»Na schön«, meint das Krokodil. »Warten wir, dass jemand zum Trinken an den Fluss kommt, und bitten wir ihn, zwischen uns zu richten.«

Einige Zeit später, als das Feuer sich abgeschwächt hat, kommt eine betagte Stute auf wackligen Beinen bis ans Ufer des Flusses getrabt. Als sie sich niederbeugt und den Hals streckt, damit sie ihren Durst stillen kann, peitscht das Krokodil mit seinem Schwanz das Wasser auf und spricht sie an: »Alte zahnlose Stute! Wenn deine Lippen das Wasser berühren, bevor du über mich und diesen Mann dein Urteil gesprochen hast, peitsche ich dich mit meinem aufgerichteten Schwanz aus, bis ich dir die Haut abgezogen habe! Dann packe ich dich mit meinen Zähnen, ich ertränke dich in den Tiefen des Flusses, und zum Schluss fresse ich dich! Die Strömung wird deine Knochen an einen Ort bringen, den du dir nicht einmal in deiner Fantasie ausmalen kannst!«

Die Stute weicht vorsichtshalber ein paar Schritte zurück … »Was soll ich denn zwischen dir und diesem Mann entscheiden?«, fragt sie zitternd.

»Spitz die Ohren und hör mir gut zu. Ich wünsche, dass du mir sagst, ob da hinten bei euch, den Landbewohnern, eine Wohltat mit Bösem vergolten wird oder ob so etwas nie vorkommt.«

Bei diesen Worten hebt die Stute den Kopf, als wolle sie den Himmel als Zeugen anrufen. Zum großen Erstaunen des Mannes und des Krokodils, die sich fragen, ob ihr hohes Alter nicht ihren Verstand in Mitleidenschaft gezogen hat, senkt sie dann ungestüm ihren Kopf, hebt ihn, beugt ihn wieder und wieder, spreizt die Lippen, dass man ihre abgenutzten Zähne sieht, und wiehert, bis ihre müde Kehle nur noch ein undeutliches Kollern von sich gibt. Sie richtet ihren Schwanz auf und sagt zum Krokodil: »Und wer hat dir erzählt, bei den Landbewohnern würde eine Wohltat nicht mit Bösem vergolten?«

»Dieser Mann!«, antwortet das Krokodil.

»Ach, Krokodil! Wisse, dass ich, würde eine Wohltat nicht mit Bösem vergolten, wohl kaum in dem Zustand wäre, in dem du mich heute siehst! In unserem Dorf findest du nicht einen einzigen Reithengst, der nicht durch mich das Licht der Welt erblickt hat – damals, als ich noch eine feurige Stute war und ein Fohlen nach dem anderen geworfen habe. Zu jener Zeit ließ man mich in einem mit feinem Sand ausgelegten Stall wohnen. Jeden Tag schnitt man frisches Gras für mich, gab mir im Überfluss zu fressen, man rieb mich mit Karitébutter ab, bürstete meine Mähne. Meine Ohren wurden regelmäßig gestutzt, und der Pfosten, an dem ich angepflockt war, wurde sorgfältig gereinigt. Ich trank nur Wasser, das vorher zum Waschen der Hirse gedient hatte, und sobald ich wieherte, schimpfte mein Herr meinen Stallburschen aus.

Aber … an dem Tag, an dem ich alt geworden war und keine schönen kleinen Fohlen mehr gebar, an dem Tag, an dem offenbar wurde, dass ich meine Kraft verlor, als meine Augen zu tränen begannen und meine Rippen an den Flanken hervortraten, an dem Tag, als meine Beine zu zittern anfingen und mein Kopf von einer Seite zur anderen schlug, da hat mein Herr mich aus dem mit feinem Sand ausgelegten Stall herausholen lassen. Er ließ mich draußen im Hof anpflocken, den sengenden Strahlen der Sonne und den Wolkenbrüchen der Regenzeit ausgesetzt. Schwärme bissiger Fliegen stritten sich um meine Wunden. Niemand schnitt mehr meine Hufe oder gab mir noch Hirse. Und alle die, die über den Hof gingen, lachten laut: ›Wie! Die alte senile Stute ist immer noch nicht tot?‹

Eines Morgens, als man mir etwas Auslauf gestattete, bin ich in ein Loch im Hof gestürzt. Mein Herr hat befohlen, man solle mich aus dem Loch ziehen, in die Wildnis bringen und mich dort abladen. Ein paar Männer haben Holzstangen unter meinen Bauch geschoben, um mich aufzurichten. Ohne Vorwarnung haben sie mich in die Höhe gezogen und dann mitten im Buschland auf den ausgetrockneten Boden gekippt. Ich bin so hart aufgeschlagen, dass ich mir den Rücken gequetscht habe. Ich konnte mich nicht mehr bewegen. Den ganzen Tag bin ich ausgestreckt liegen geblieben, in der vollen Sonne, den Schwanz aufgerichtet, die Augen geblendet von dem grellen Licht. Geier schwebten und kreisten über meinem Kopf. Nur mein Gewieher hat sie ein wenig verscheucht.

Ach! Weder die Kleinen, die ich auf die Welt gebracht habe, noch jene, die meinen Kleinen Galopp und tänzelnde Schritte beibringen, haben sich um mich gekümmert. Niemand ist gekommen, der mir einen einzigen mitleidigen Blick geschenkt hätte, in Erinnerung an das Gute, das ich ihnen getan habe.

Erst bei Sonnenuntergang konnte ich mich endlich erheben und bis ans Flussufer schleppen, um meinen Durst zu stillen. Und seitdem, bis zum heutigen Tag, bin ich in dem Zustand, in dem ihr mich seht. Jedes Mal, wenn ich mich schlafen lege, versammeln sich die Geier um mich herum und warten, dass ich krepiere.

Also, wenn es wahr ist, dass eine Wohltat nicht mit Bösem vergolten werden darf, dann gilt das ganz bestimmt nicht in unserm Dorf!«

»Alte Stute«, sagt das Krokodil, »trink und troll dich wieder. Geh zurück in Frieden. Und du, Mann, hast du zugehört?«

Der Mann entgegnet ihm: »Ich nehme das Urteil nicht an, das die dumme, glotzäugige Alte gesprochen hat, die beim ersten starken Regen der Jahreszeit ihren letzten Atemzug tun wird. Sie ist nur ein Überbleibsel widerwärtigen Lebens! Warten wir auf jemand anders.«

Wenig später nähert sich ein alter Esel dem Fluss. Als er seinen Kopf beugt, um zu trinken, hält ihn das Krokodil mit lautem Knacken seiner Kiefer davon ab.

»Alter Esel!«, spricht das Krokodil ihn an. »Du trinkst keinen Schluck, bevor du nicht zwischen mir und diesem Mann einen Richterspruch gefällt hast. Er gibt vor, eine Wohltat dürfe niemals mit Bösem erwidert werden.«

»I-ah!«, ruft der Esel und lacht höhnisch. »Es ist genau umgekehrt: Gerade die Wohltat wird mit Bösem vergolten! Wäre es anders, wie könnte ich erklären, was mir zugestoßen ist? Seit meiner Jugend haben die Menschen einen Packsattel auf meinen Rücken gelegt, damit ich Lasten trage, und zu keinem Zeitpunkt habe ich den geringsten Unwillen gezeigt. In jenen Tagen hielt mein Herr große Stücke auf mich. Er hat mir Amulette um den Hals gehängt, die mich vor allen Übeln beschützen sollten, und ein hübsches Glöckchen aus rotem Kupfer, damit er mich nirgends verlor. Ich hatte sogar das Recht auf einen mit Glanzleder verzierten Fliegenwedel.

Doch als ich alt geworden bin, als meine Augen nicht mehr gut sahen, mein Körper schwächer wurde und meine Wirbelsäule sich in der Mitte absenkte, da hat mein Herr befohlen, man solle mich auf den Müllplatz führen, der außerhalb des Dorfes liegt. Er verbot ausdrücklich, mir irgendetwas zu essen zu geben, nicht einmal Hirseschalen. Mein Unglück war so groß, dass ich von einer schweren Krätze heimgesucht wurde. Ich siechte dahin, meine Haut ist rau geworden und mein Haar struppig, mein Fell ist voller großer Flecken. Ich hatte solchen Hunger, dass meine Stimme darüber ganz heiser wurde. Und wenn ein Mann aus dem Dorf vorbeikam, an den ich mich Mitleid erheischend wandte, schlug er mich mit seinem Knotenstock!

Also, Krokodil, ich bitte dich, greife dir diesen Mann! Schnapp ihn dir, schnapp ihn dir gut! Beiß ihn, dass er vor Schmerzen schreit, zerreiß sein Fleisch und zieh ihn in die Tiefen des Flusses! Dort soll er umkommen, dort soll er vergehen, und alle Wasserbewohner sollen von seinem Tod erfahren, selbst der Fisch, der elektrische Schläge austeilt! Die Reste seines Fleisches sollen von der Strömung abgetrieben werden, und nie wieder soll er Land unter seinen Füßen spüren!«

Bei diesen Worten lacht das Krokodil, das sich, die Lider halb geschlossen, mit der Strömung im Wasser hatte wiegen lassen, laut auf: »Oho, Mann! Hast du gehört, was der Esel gesagt hat? Wahrlich, das sind wahre Worte!«

Der Mann grinst höhnisch: »Was dieser alte Esel mit verstümmeltem Schwanz und so durstig, dass er schon halb taub ist, sagt, entbehrt jeden Sinn. Wenn ihm jemand verbietet zu trinken, es sei denn, er erzählt Lügen, dann lügt er hemmungslos; und wenn es sein muss, schlägt er aus, bis der Abszess auf seinem Rücken aufplatzt! Ich weise seine Worte zurück, ich werde nicht einmal darauf antworten.«

In diesem Augenblick nähert sich ein langohriger Hase dem Fluss. »Oh Imam der Savanne!«, ruft das Krokodil. »Komm und richte zwischen uns!«

»Das geht nicht sofort«, sagt der Hase. »Warte, bis ich meine Lippen ins Wasser getaucht habe. Wenn mein Durst gestillt und mein Herz zur Ruhe gekommen ist, dann kann ich über eure Sache befinden und ein klares Urteil fällen.«

Das Krokodil lässt ihn gewähren. Der Hase trinkt in tiefen Zügen und nimmt vorsichtigerweise in sicherer Entfernung Platz. Er setzt sich auf seine Hinterpfoten, hebt die beiden Vorderpfoten zum Himmel, als wolle er die Gottheit anrufen, stellt seine Ohren aufrecht und sagt: »Sprecht nun, ich höre euch zu. Und lügt nicht! Sagt nichts, was einer Lüge ähnelt!«

»Der Mann, den du dort siehst«, berichtet das Krokodil, »ist hier erschienen und wollte Fische fangen. Er hat seine Füße auf mein Grundstück gesetzt. Ich habe nach ihm geschnappt, bis meine Zähne aufeinanderschlugen, denn heute ist es sieben Tage her, dass ich nichts gefressen habe. Darauf schreit der Mann, ich hätte eine Ungerechtigkeit begangen, und zerrt mich vor Gericht. Aber, wer immer auch ein Urteil spricht, er lehnt ihn ab: ›Dieser hier taugt nicht dazu, wir müssen auf jemand anders warten … Jener da ist auch nicht geeignet …‹ Doch Tante Stute hat mir recht gegeben, und Onkel Esel hat sich darum bemüht, dass wir uns einigen. Der Mann hat das aber zurückgewiesen. Er ist sogar so weit gegangen, ihm eins aufs Maul zu hauen!«

Der Hase wendet sich an den Mann: »Sohn Adams! Trage vor, was du zu sagen hast.«

Der Mann erzählt seinerseits: »Als ich ins Dorf zurückging, habe ich dieses Krokodil mitten in einem Feuer gefunden, das die Savanne niederbrannte. Es hat um Hilfe gerufen und mich gebeten, es an den Fluss zurückzubringen, damit es nicht in den Flammen umkommt. Ich habe gesagt: ›Ich fürchte einen Streit.‹ – ›Was für einen Streit?‹, hat es gefragt. – ›Jenen, der unvermeidlich einer Wohltat folgt, wenn sie mit Bösem vergolten wird. Denn oft, wenn du einen Streit hörst, ist der Grund dafür, dass eine gute Tat mit Bösem belohnt wird.‹ Das Krokodil hat widersprochen: ›Zwischen mir und dir wird so etwas niemals geschehen!‹

Also habe ich es in meinen großen Sack kriechen lassen, und nachdem wir das Flammenmeer überwunden hatten, habe ich es auf dem Kopf bis ans Ufer des Flusses getragen. Dort hat es mich gebeten, meine Wohltat damit zu krönen, es ins Wasser zu bringen. Ich habe meinen Sack wieder aufgenommen, bin in den Fluss gestiegen und habe es dort aus dem Sack gelassen, wo es schwimmen konnte. Und sobald es im Wasser ist, dreht es sich um und schnappt meinen Fuß unter dem Vorwand, dass es sieben Tage in der Wildnis umhergeirrt ist und nichts zu fressen gefunden hat!«

»Hm! ...«, sagt der Hase mit nachdenklicher Miene. Dann hat er anscheinend eine Entscheidung getroffen: »Krokodil«, erklärt er, »mir ist klar, dass die Wahrheit auf deiner Seite ist. Warum? Weil ein in der Savanne umherirrendes Krokodil nur zu einer Zeit existierte, als die Steine noch weich waren.* Nun musst du diesem Mann nur noch beweisen, dass du gar nicht ganz in seinen Sack hineinpasst, wie er behauptet. Kriech hinein, dann komm heraus. Und wenn etwas von dir aus dem Sack hervorsieht, und sei es nur das letzte Stück von deinem Schwanzende, so gebe ich dir recht, denn das ist der Beweis dafür, dass der Mann hier lügt, mit Lippen, die so scharf schneiden wie ein geschliffenes Rasiermesser.«

Das Krokodil steigt aus dem Wasser und kriecht ans Ufer. Der Mann breitet die Öffnung seines Sacks aus. Das Krokodil steckt seinen Kopf hinein, zögert dann aber einen Moment.

»Höre, Mann!«, sagt der Hase mit ziemlich lauter Stimme. »Ich warne dich! Selbst wenn das Krokodil fast ganz in deinen Sack hineinpasst und nur ein kleines Stück von seinem Schwanz draußen bleibt, werde ich ihm recht geben! Das würde bedeuten, dass du gelogen hast.«

Beruhigt lässt sich das Krokodil in den Sack gleiten, wobei es peinlich genau darauf achtet, dass das äußerste Ende seines Schwanzes draußen bleibt.

»Los!«, flüstert der Hase dem Mann zu. »Beeil dich, binde die Öffnung von deinem Sack fest zu!«

---

* D. h. am Anfang der Welt, zu einer Zeit jenseits unserer Vorstellungskraft

Der Mann tut wie ihm geheißen.

»Isst du manchmal Krokodilfleisch?«

»Ja«, antwortet der Mann, »immer wenn ich die Möglichkeit dazu habe.«

»Dann schlag jetzt auf das Krokodil ein, schlag so lange, bis es tot ist! Danach pack es dir auf den Kopf und trag es nach Hause. Wenn du zu Hause geschälten Reis hast, verfügst du jetzt über Fleisch als Beilage!«

»Sei verflucht, Hase!«, tobt das Krokodil im Sack. »Wenn ich hier herauskomme, wirst du sehen, wie übel du gehandelt hast! Ich schneide dir die Zunge ab, ich rupfe dir jedes Haar einzeln aus dem Schwanz, ich kürze dir die Ohren, ich reiße dir die Zähne aus, ich …«

»Ich höre, was du sagst, und bin einverstanden«, erwidert der Hase ruhig. »Wenn du es schaffst, dich zu retten, abgemacht! Verbrenn mich, zerstampfe meine Knochen und streu meine Asche in alle vier Winde, wenn es dir Spaß macht!«

Inzwischen hat sich der Mann mit einem dicken Holzscheit bewaffnet. Er nähert sich dem Krokodil und schlägt es mit allen Kräften, bis der Sack sich rot färbt von Blut. Als er sicher ist, dass das Tier wirklich tot ist, wirft er das Holz fort und sagt zum Hasen: »Hase, komm mit mir nach Hause. Ich möchte dich meinen Eltern, meiner Frau und meinen Söhnen vorstellen und ihnen erzählen, was du für mich getan hast.«

Er lädt sich den Sack mit den Überresten des Krokodils auf den Kopf und macht sich auf den Weg, der zu seinem Dorf führt. Der Hase folgt ihm hoppelnd.

Am Eingang seines Hauses angekommen, fordert der Mann den Hasen auf: »Tritt ein!«

»So gehört sich das nicht«, entgegnet der Hase. »Du musst als Erster eintreten. Wenn jemand fortgegangen ist und mit einem Gast zurückkehrt, schickt es sich für den Gastgeber, dass er erst nachprüft, ob alles in Ordnung ist an seinem Wohnsitz.«

»Du hast recht«, sagt der Mann.

Und er geht durch das Tor. Er lässt seinen Sack im Vorraum fallen, überquert den Hof und betritt das Haus. Dort findet er die ganze Hausgemeinschaft um ein Bett versammelt, worin der von ihm bevorzugte Sohn liegt, der, den er am zärtlichsten liebt. Das Kind leidet unter schrecklichen Kopfschmerzen. Es stöhnt, dass es euch das Herz bricht, und schwitzt so stark, dass sein Betttuch von Schweiß durchtränkt ist. Eine Art Schaum steht ihm vor dem Mund, und die Übelkeit lässt es würgen.

Ein Heiler, den man hat rufen lassen, sitzt abseits von dem Kranken. Er schüttelt Kaurimuscheln und wirft sie zu Boden. Indem er das Muster deutet, kann er das Heilmittel erkennen, das dem Kind am besten dient.

Kaum hat unser Mann die betrübliche Szene in sich aufgenommen, da wird ihm ganz wirr im Kopf. Er steht da wie angewachsen, spricht kein Wort, als hätte man ihm den Verstand geraubt.

»Was stehst du da wie angegossen?«, fragt ihn der Heiler. »Besorg schnell Hirn vom Hasen und Blut vom Krokodil. Die Kaurimuscheln haben gesprochen: Wenn diese beiden Elemente zusammen gekocht werden und das Kind davon isst, wird es gesund.«

Sogleich hat der Mann seine fünf Sinne wieder beisammen.

»Pst, nur immer langsam!«, sagt er. »Sprich nicht so laut! Zufällig bin ich in Begleitung eines Hasen gekommen, er wartet draußen, und Blut vom Krokodil habe ich auch. Ich werde den Hasen rufen. Sobald er den Raum betritt, schlagt ihr auf ihn ein und zerschmettert ihm den Schädel!«

Der Hase aber, der sich in den Hof geschlichen und nahe der Tür verborgen hat, hört die ganze Unterhaltung mit an. Mit einem Sprung ist er draußen und nimmt sang- und klanglos Reißaus. Der Mann ruft ihm hinterher: »Komm zurück, Hase! Komm zurück!«

»Such dir einen anderen Hasen«, antwortet ihm dieser von ferne. »Mein Gehirn wird ganz bestimmt nicht dazu dienen, deinen Sohn zu heilen! Mann, du hattest wirklich recht: Jedes Mal, wenn man von einer Widerrede oder von einem Streit hört, ist der Grund der, dass eine Wohltat mit Bösem vergolten wird. Doch jedes Mal, wenn so etwas geschieht, liegt der Grund darin, dass der Wohltäter nicht genügend aufgepasst hat. So etwas soll mir nicht passieren! Und höre, Mann, wenn ich eine Bitte an Gott richte, dann die, dass ich dich nie wieder von Nahem sehe!«

Und der Hase, das schlaueste aller Tiere, gelangte mit kräftigen Sprüngen zurück zu den Gräsern der tiefsten Savanne, aus denen bald nicht einmal mehr die Spitzen seiner langen Ohren hervorlugten …

Der abscheuliche Vorwand von Vater Hyäne

Ein Märchen der Fulbe

In jenem Jahr hatte es durch göttliche Vorsehung eine Sonnenfinsternis gegeben. Das Wohlwollen des Schöpfers blieb zwischen Erde und Himmel hängen. Der Regen hörte auf zu fallen. Die Schluchten trockneten aus. Im Antlitz der Erde taten sich Risse auf. Es wuchs kein neues Grün; das alte ging ein.

Schließlich gab es fast nichts mehr zu essen, weder für die Menschen noch für die Tiere. Nirgends fand man den kleinsten Tropfen Wasser mehr. Die Würmer im Boden knabberten an den Wurzeln der Pflanzen. Die Termiten zernagten deren Blätter und Äste. Die Vögel ernährten sich von den Würmern. Die Raubvögel fraßen die anderen Vögel.

Kurz, die Lebewesen verschlangen sich derart gegenseitig, dass im ganzen Djêri* nur eine einzige Hyänenfamilie übrig geblieben war mit Mutter Hyäne, Vater Hyäne und Sohn Hyäne. Um der Katastrophe zu entgehen, ergriffen die drei die Flucht. Unterwegs verschied Mutter Hyäne, oh weh!, an Erschöpfung, Hunger und Durst. Vater und Sohn Hyäne verschlangen ihren Leichnam. Zu irgendetwas muss ein Leichnam ja gut sein …

Ein paar Tage später nagte wieder der Hunger an Vater Hyäne. Er fühlte, wie seine Kräfte schwanden, doch er wollte nicht sterben. Da er

---

* Wildnis, auch eine Region in Senegal

sich nicht selbst verspeisen konnte, blieb nur eine Lösung: seinen Sohn fressen. »Dafür«, sagte er sich, »benötige ich ein stichhaltiges Motiv, eines, das mein Andenken bei den drei Hyänenvölkern, denen mit fahlgelbem Fell, grauem Fell und schwarzem Fell, ins rechte Licht setzt.«

Vater Hyäne versank in etwas, was offensichtlich tiefes Nachdenken war. Stutzig geworden, ließ sein Sohn ihn nicht aus den Augen. Als Vater Hyäne auffiel, dass sein Sohn ihn genauer als gewöhnlich beobachtete, senkte er sein Hinterteil, das von Natur aus schon sehr tief lag, noch ein Stück tiefer.

»He, mein Kleiner!«, rief er. »Man erzählt sich, dass es im Lauf der Zeiten eine Epoche gab, in der Allawalam ein Tier in ein anderes umwandelte und dabei keinerlei Rücksicht auf die Art nahm. Die Geschichte ist zweifellos wahr, denn wie ich gerade bemerke, hast du die Augen eines Lamms und nicht die eines echten kleinen Hyänenkindes!«

Sohn Hyäne, der die Absichten seines entarteten Vaters durchschaute, rief aus: »E-e-e-h! E-e-e-h! Mein Vater! Wie kann ich, der ich dein leiblicher Sohn bin, zum Kind eines gehörnten Schafs werden?«

»Der Beweis dafür ist, dass du zu blöken anfängst, Sprössling des Schafsbocks! Lerne, dass der Sohn des Mutterschafs sich im Fell der Hyäne einrichten mag, so gut er kann, niemals aber wird er *gnuiii*[*] heulen! Um dir eine Lektion zu erteilen, wie man unberechtigterweise die Eingeweide eines Fleischfressers besetzt, komm also in meinen Magen und suche den Rest von dir.«

Und indem er den Worten die Tat folgen ließ, warf sich Vater Hyäne auf seinen Sohn und verschlang ihn mit gierigen Bissen.

Der Hunger begnügt sich nicht damit, die Hyäne aus dem Gebüsch zu jagen, er lässt sie auch ihren Sohn verschlingen.[**]

---

[*]   Lautmalerisch für den Ruf der Hyäne.
[**]   Dieser Erzählung schreibt die Tradition zwei Lehren zu:
– Wenn ein Mann von Charakter etwas behauptet, kann man ihm im Allgemeinen glauben, außer er sagt: »Selbst wenn ich hungers stürbe, würde ich niemals dieses oder jenes tun«, denn Gott allein weiß, zu welchen extremen Handlungen der Hunger einen Menschen treiben kann.
– Wenn ein Vorgesetzter es wirklich auf jemanden abgesehen hat, findet er am Ende immer einen Grund, gegen ihn vorzugehen.

Warum Ehepaare so sind, wie sie sind

Eine Legende der Fulbe

Wisst ihr, warum ein Ehrenmann oft der Gatte einer Frau ohne
Verdienste ist und eine wackere Frau oft die Gattin eines Taugenichts?
Das ist eine Tatsache, die wir immer wieder beobachten, deren Ursachen
sich uns aber entziehen. Diese Legende der Fulbe sagt uns, warum.

Als Gott den Menschen erschaffen hatte, teilte er den Männern wie den Frauen die Tugenden und die Laster zu.

Eines Tages ließ er alle Frauen zu sich kommen. Er sagte ihnen: »Oh Frauen! Schaut zum Horizont und sagt mir, was ihr seht.«

»Herr«, antworteten sie, »wir sehen, dass eine strahlende Sonne sich über die Erde erhebt. Alles scheint ihren Aufgang zu feiern. In dem Maße, wie sie am Himmel aufsteigt, wird alles, was im Begriff schien zu sterben, dem Leben wiedergeboren.«

Gott sprach: »Frauen! Bisher habt ihr nur ein beschwerliches Leben in der Nacht der Zeiten gekannt. Nun ist der Augenblick gekommen, dass ihr euch auf den Weg macht, um ins Paradies zu gelangen. Engel werden über euch wachen, solange ihr unterwegs seid; andere Engel werden euch empfangen, wenn ihr ankommt. Nicht verzagen, nicht klagen und, vor allem, nicht aufgeben!

Ich war, ich bin und ich werde immer der Gott der Verheißung sein. So verkünde ich euch nun, dass euch in der Reihenfolge eures Erscheinens im Paradies prächtige Wohnstätten und Schmuck von unvergleichlicher Schönheit übereignet werden. Die Ersten von euch werden am meisten erhalten; sie haben bei allem den Vortritt. Ich erinnere daran, dass das Paradies ein Aufenthaltsort für alle Ewigkeit ist … nur wer vollkommen verrückt ist, wird sich überholen lassen.

Nachdem ihr das wisst, oh Frauen, brecht auf und sucht euer Glück …«

Die Frauen begaben sich auf den Weg. Sie bildeten eine Kohorte, die sich über eine lange Strecke hinzog und vorwärts strömte wie ein Flussarm, dessen Lauf sich verengt. Die Beherztesten führten die Reihe an. Die Engel begleiteten sie mit Gesang.

Als der dritte Tag sich neigte, waren die Trägsten schon am Ende ihrer Kräfte. »Was nützt es, wenn wir den strammen Marschiererinnen ihr Glück neiden?«, murrten sie. »Und wer weiß eigentlich, welches Los diejenigen, die zuerst ankommen, wirklich erwartet? Auch ist das Paradies so weitläufig wie das ganze Himmelszelt. Wohnstätten gibt es dort in ebenso großer Zahl wie die Sandkörner aller Flüsse und aller Ufer zusammengenommen. Heißt es nicht, dass diese Wohnstätten, wenn man die einen auf die anderen setzt, an den Abgründen zur Hölle beginnen und fast bis in die höchsten Höhen des Firmaments ragen?

Warum also rennen und Gefahr laufen, dass wir an unseren Schenkeln die weiche Rundung verlieren? Warum schwitzen und unseren Körper in üblen Geruch hüllen? Gehen wir langsam, meine Schwestern, und bewahren wir uns unsere Frische. Wenn wir im Paradies ankommen, wird es dort immer eine Wohnstätte für jede von uns geben. Und selbst wenn die Ersten in den prächtigsten Räumen untergebracht sind, hat doch der Gewaltmarsch ihr Fleisch abschmelzen lassen. Ihr skelettartiges Aussehen wird der Schönheit ihrer Wohnstätten und dem Glanz ihres Schmucks Abbruch tun.«

Indem sie so sprachen, verlangsamten die trägen Frauen ihren Schritt, wie man es von zu fetten Enten kennt. Um sich zu rechtfertigen, dass sie sich im Tempo eines müden Chamäleons vorwärts bewegten, stimmten sie ein Lied an:

Warum uns drängen, warum uns beklagen?
Warum jammern? Ja, warum?

Wer ins Paradies eingeht,
geht nicht in ausgedörrtes Land,
wo die Hyäne das Zicklein reißt,
wo die Wildkatze den Hühnerstall plündert.

Rasten wir auf dem Weg,
befragen wir die himmlischen Tafeln.*
Wir werden erfahren, die dunkle Frage:
»Was ist geschehen?«
geht an die Frauen, die laufen,
wie ein Reh läuft, das dem Jäger entkommen will.

Rasten wir auf dem Weg,
befragen wir die himmlischen Tafeln.

Drei Tage, nachdem die Frauen aufgebrochen waren, sprach Gott: »Nun sind drei Abende und drei Morgen vergangen, seit die Frauen sich auf dem Weg gemacht haben. Schicken wir ihnen ihre Männer hinterher.«

Gott ließ also alle Männer sich versammeln. Er sagte ihnen: »Es ist nicht gut, dass ein Mann ohne Weib lebt. Daher habe ich Gefährtinnen für euch geschaffen. Sie sind schon unterwegs in Richtung Paradies. Sie haben drei Abende und drei Morgen Vorsprung vor euch, doch ich werde euch dreimal so kräftig machen wie sie und euch aussenden, ihnen zu folgen.«

»Jeder von euch«, fuhr Gott fort, »gewinnt die Frau zur Gattin, auf die er unterwegs trifft, und er kann nur eine beanspruchen**. Wer

---

* Die Tafeln oder Täfelchen, wo, wie man annimmt, alle Dinge verzeichnet sind. Anders gesagt, die Archive des Himmels.
** In dieser Legende der Fulbe bestimmt Gott bei der Erschaffung der Welt, dass die Menschen monogam leben sollen. Das entspricht der Geschichte der »roten Fulbe« (Fulbehirten), die stets nur eine Ehefrau hatten. Das harte Hirtenleben verträgt sich schlecht mit der Polygamie, die eher ein städtisches Phänomen oder eins der Sesshaftigkeit ist, verbunden mit Wohlstand.
So zum Beispiel der Löwe, der, obwohl »König der Savanne«, zu den Allerärmsten zählt,

trödelt, läuft also Gefahr, dass er ohne Gefährtin bleibt. Jammerschade für ihn! Alle diese Männer werde ich zum Junggesellendasein verdammen, sie werden nicht die Freuden des Familienlebens kennenlernen und nicht das Glück der Fortpflanzung, sie werden nichts zur Erhaltung ihrer Art beitragen. Der Samen, den ich in sie gepflanzt habe, wird wie trockenes Korn verdorren. Ich werde mit Missbilligung auf sie blicken, und das wird schwer auf ihnen lasten.«[*]

Die Männer machten sich auf den Weg. Singend kamen sie vorwärts:

Jedes Wesen hat einen Ursprung,
jedes Metall hat eine Mine,
jede Tat hat einen Grund.
Wenn Guéno, der Ewige, uns auf den Weg schickt,
der zu unseren Frauen führt,
ist das dafür ein Grund.

Die unsere Frauen sein werden,
sind, so sagt man, schön und voller Anmut.
Sie sind leidenschaftlich, aber nicht zügellos
und mitreißend, aber nicht verdorben.
Sie werden der Pein ein Ende bereiten,
die unsere Herzen überschattet.

Los, marschieren wir kräftigen Schritts ins Paradies!
Dort treffen wir unsere Ehefrauen,
dort leben wir in Weisheit!
Die göttliche Klugheit erhebt sich dort

----

weil er manchmal zehn Tage ohne Nahrung ist. Entsprechend hat er nur eine Gefährtin, wohingegen die Trappe, die überall Körner zu picken findet, immer mehrere besitzt …

[*] Das Zölibat war im alten Afrika schlecht angesehen. Ein unverheirateter Mann galt als minderjährig, ohne Rücksicht auf sein Alter, und in der Öffentlichkeit fand sein Wort wenig Beachtung.

wie ein riesiges Gebirge,
aus dem man kostbare Metalle gewinnt,
um die Stirn der Tapferen und Weisen zu schmücken.

Los, marschieren wir kräftigen Schritts ins Paradies!
Dort leben wir in Weisheit,
in Weisheit, in Weisheit!

Nachdem sie einige Stunden gewandert waren, teilten sich die Männer in drei Gruppen auf: die Hammadi-Hammadi an der Spitze, die Hammadi in der Mitte, die Haman-ndof am Ende.[*]

Auch die Frauen hatten sich in drei Gruppen aufgeteilt: die Mantaldé an der Spitze, die Santaldé in der Mitte, die Mantakapus am Ende.[**]

Die Gruppe der Hammadi-Hammadi, die aus brillanten, weisen, tatkräftigen und mutigen Männern bestand, stieß auf die Gruppe der Mantakapus, das heißt, auf die Frauen, die auf dem letzten Platz der

---

[*] *Hammadi-Hammadi*: ein Mann mit großem Renommee und großer Bedeutsamkeit für seine Familie, sein Viertel, sein Dorf und für das ganze Land. Wenn er reist, macht seine Reputation seinem Gastgeber Ehre, und das Viertel, das Dorf, ja das ganze Land weiß, dass er gekommen ist.
Hammadi: ein Mann von Bedeutung, doch seine Bedeutung begrenzt sich auf seine Familie, sein Viertel und sein Dorf. Wenn er reist, weiß man im Dorf von seinem Kommen.
Haman-ndof: Man sagt, wenn er abwesend ist, nimmt selbst seine Familie den Weggang nicht wahr; wenn er sich auf Reisen begibt, weiß selbst der Gastgeber nichts von seiner Anwesenheit.
[**] *Mantaldé*: Das ist die Ehefrau mit herausragenden Fähigkeiten. Sie kann ihren Ehemann vertreten, wenn nötig den Lebensunterhalt der Familie sichern, kurz, alles selbstständig tun.
Santaldé: eine exzellente Familienmutter und gute Hausfrau. Wenn ihr Mann etwas mitbringt, weiß sie es zuzubereiten und gerecht zu verteilen, doch sie sucht nach nichts und verdient selbst nichts.
Mantakapus: Das ist die Frau, die unfähig ist, selbst etwas zu verdienen, und die, wenn ihr Ehemann etwas bringt, die Sache verdirbt. Gibt man ihr nichts, jammert sie. Gibt man ihr etwas, sagt sie, es sei nicht genug. Immer beklagt sie sich und tut nie etwas Gutes.

weiblichen Rangordnung standen. Da sie nicht wussten, dass die klügeren Frauen vor ihnen waren, wählten sie ihre Ehefrauen unter den Mantakapus.

Die Hammadi, die Gruppe der mittelmäßigen Männer, trafen auf die Santaldé, Frauen, die ebenfalls mittelmäßig waren, was ihren Wert anging. Unter ihnen wählten sie ihre Ehefrauen.

Indessen waren die Mantaldé, die Frauen mit den großen Vorzügen, ihren Geschlechtsgenossinnen der beiden anderen Gruppen vorausgeeilt und bereits an den Pforten des Paradieses angelangt. Engel kamen herbei, um sie zu begrüßen und willkommen zu heißen. Als sie die Schwelle überschreiten wollten, geboten die Engel ihnen Einhalt: »Halt, ihr Frauen, ist seid noch ›Hälften‹. Eine Hälfte ist aber eine unvollständige Sache, also unvollkommen, und etwas Unvollkommenes hat im Paradies keinen Platz. Wartet daher, bis jede von euch einen Ehemann gefunden hat, ihr einander ergänzt und euch so vervollständigt. Dann tretet als Paare ein, das heißt, als vollkommenes menschliches Ganzes.«

Noch bevor die Frauen sich von ihrer Überraschung erholt hatten, erschienen die Hammadi-Hammadi, zusammen mit ihren Mantakapus-Ehefrauen. Die Engel riefen: »Was für ein Rätsel! Hat Gott wirklich diese Frauen als Gefährtinnen für euch vorgesehen?«

Dann trafen die Hammadi ein, mit den Santaldé an ihrer Seite.

Endlich langten die Haman-ndof, die letzten der Männer, an den Pforten des Paradies an, mit leeren Händen. Die edlen Mantaldé-Frauen mussten sich mit ihnen vereinen, wenn sie in die himmlische Wohnstatt einziehen wollten.

So kam es, dass die Ersten unter den Männern die Letzten unter den Frauen erhielten und die Ersten unter den Frauen in die Hände der letzten Männer fielen!

Kaum waren sie im Paradies angelangt, wandten sich die höher stehenden Männer an Gott und trugen ihre Beschwerde vor. In Absprache mit den ersten Frauen forderten sie eine Reparatur.

Gott antwortete ihnen: »Ich verweigere nicht dem ein Recht, der es verdient. Aber ihr habt noch nicht begriffen, welche Klugheit meinen Taten innewohnt.

Ihr trefflichen Frauen, die ihr mit Fug und Recht als die Besten geltet, nehmt frohen Herzens die euch unterlegenen Männer an. Und ihr, rechtschaffene Männer, erduldet an eurer Seite die trägen und unbedarften Frauen. Aus Weisheit und aus meinem Wissen um die Zukunft habe ich so entschieden. Wenn ich alle, die wertvoll sind, auf eine Seite und alle übrigen, die wertlos sind, auf die andere Seite gebracht hätte, würde die Welt in eine Schieflage geraten wie die schlecht verteilte Last auf dem Rücken eines Ochsens. Es gäbe kein Gleichgewicht und keine Stabilität. In jeder Kurve würden die Lasten alle zu einer Seite schleudern, und euer Universum wäre noch schwieriger zu lenken, als es jetzt schon ist.

So wie ihr euch nun miteinander verbunden findet, werden die tatkräftigen Männer ihre lethargischen Frauen davor bewahren, dass sie in harte Hände fallen, die ihnen die Sanftheit von den Lidern[*] nehmen, und die edlen und weisen Frauen werden den schwachen Männern, mit denen sie durch Heirat vereint sind, als Zuflucht dienen.

Ich habe alles nach einem Maß geregelt, dessen Geheimnis ich allein kenne.

Ihr sollt euch nicht länger hassen. Verstoßt weder die einen noch die anderen unter dem Vorwand, eure Bedeutung und eure Befindlichkeit wären nicht gleich.

Liebet euch untereinander, besonders zwischen Mann und Frau. Und macht bekannt, dass bei den Dingen, die mich, Gott, erfreuen, die vollkommene Harmonie zwischen Eheleuten an oberster Stelle steht!«

---

[*] Sie zum Weinen bringen.

Die drei Fischer, die nichts fingen

Ein Märchen der Bambara

Es ist ein Märchen wie die anderen ...
Höre es an, mein Bruder. Und wenn dir danach ist,
lache darüber mit allen Zähnen,
weine darüber mit allen Tränen,
oder denke nach und ziehe eine Lehre daraus.

Vor langer, langer Zeit breitete sich das Unheil auf der Welt aus. Es nahm die ganze Erde in Besitz. Ob untertänig oder mächtig, ob Tier oder Mensch, niemand entging ihm.

Die Hyäne, vom Hunger getrieben, traf am Rand eines Tümpels, wo ein alter Bock schon vor ihr angekommen war, auf den Hund. Alle drei waren vom gleichen Drang besessen und hatten nur einen Gedanken im Kopf: fischen und fressen.

Die Hyäne riss das Kommando an sich und zwang den anderen ein Gesetz auf: Der Fang sei angemessen zu teilen, und zwar ohne jedes Wenn und Aber.

Die drei Gefährten machten sich an die Arbeit. Sie blieben stundenlang im Wasser, doch das Glück lächelte ihnen nicht zu. Die Hyäne sagte sich: »Wenn wir nichts fangen, bin ich von dem Handel frei, und kann meine Gefährten verschlingen, denn letzten Endes sind das ja nur Unglückswürmer.« Nachdem sie diese Frage für sich geklärt hatte, hob sie an und trällerte ein Liedchen:

Ob der Fischfang gut ist oder schlecht,
für den Chef macht er
sich immer bezahlt.
Er kehrt nicht mit leeren Händen heim:
»Gevatter Hund«, ist er nicht da,
mit »Bruder Bock« an seiner Seite?

Als er diese Worte vernahm, begriff der Hund, dass die Hyäne sich, wenn sie nichts fingen, an ihm oder dem Bock gütlich tun würde. Was ihn selbst anging, so war er sicher, dass er in der Schnelligkeit seiner Pfoten sein Heil fände, und mithin sang er als Antwort folgende kleine Melodie:

Sen tan
Ô bé sen tan louma!
Hört, ihr Pfotenlosen,*
dies gilt euch, das ist sicher!

So war der Bock vor der Gefahr gewarnt, in die er lief, doch ließ er sich nicht aus der Ruhe bringen. Er überlegte einen Moment, dann war es an ihm zu singen:

Kekouya!
*Bè nika kekouya kokoï**!*
Spottlust!
Jeder hat seine Spottlust, die ihm das Genick bricht!

Das Fischen ging weiter. Am Ende des Tages hatten die drei Gefährten nur drei Fische gefangen: einen dicken Fisch, einen mittleren und einen kleinen.

---

* Mit »Pfotenlosen« sind diejenigen gemeint, die keine Pfoten zum schnellen Laufen haben. Das Lied richtet sich also an den Bock.
** Lautmalerisch an das Laufen des Bocks und an das Wort *kekouya* angelehnt

Sie setzten sich in einen Kreis, ihre Beute in der Mitte. Die Hyäne sagte: »Mein Magen hat größere Ausmaße als eure Mägen. Das muss beim Verteilen berücksichtigt werden.«

Der Bock – als der mit dem »Bart«* war er mit der Aufteilung beauftragt worden – berücksichtigte die Forderung der Hyäne nicht. Er sagte: »Ich als Alterspräsident werde mich von der Weisheit leiten lassen, wenn ich unseren Fang aufteile. Und nichts von dem, was mit der Magengröße der jeweiligen Individuen in Zusammenhang steht, wird in Betracht gezogen. Ich entscheide folgendermaßen:

Erstens: Der dickste Fisch steht mir zu, denn ich bin euer Alterspräsident, und ich muss einen Ausgleich dafür erhalten, dass ich auf jede zeitliche Befehlsgewalt verzichtet habe.

Zweitens: Den mittelgroßen Fisch spreche ich dem Hund zu, denn jede Anstrengung muss belohnt werden; und der Hund ist gut getaucht.

Drittens: Der kleine Fisch, angereichert mit unseren Ehrbezeugungen, ist für unsere Chefin Hyäne bestimmt. Wer Chef ist, das ist allgemein bekannt, muss weniger gierig sein, will er, dass man ihm gehorcht und treu dient.«

Der Hund protestierte: »Wenn du konsequent im Umgang mit dir selbst sein willst, Bruder Bock, musst du folgendermaßen vorgehen:

Erstens: mir den größten Fisch geben.

Zweitens: den mittleren für dich behalten.

Drittens: den kleinsten, angereichert mit unseren Ehrbezeugungen, unserer Chefin Hyäne zuteilen.«

»Das reicht!«, heulte diese auf. »Euch Stadtbewohner werde ich das Gesetz des Dschungels lehren.

Erstens: Ich nehme den dicksten Fisch, das ist das Recht des Stärksten.

Zweitens: Ich behalte den mittleren. Das ist eure Strafe dafür, dass ihr eurer Chefin Moral predigen wolltet und Gesetze verordnet habt.

Drittens: Ich beschlagnahme auch den kleinen Fisch, denn ich lasse

---

* Der weiße Bart gilt als Zeichen der Weisheit und des Wohlwollens.

nicht zu, dass ein Pflanzenfresser von der Art des Bocks einen Teil vom Fleisch für sich fordert; das ist ein unerhörter Anspruch!«

Kaum hatte sie zu Ende gesprochen, bückte sich die Hyäne und wollte die drei Fische einsammeln. Doch bevor sie es tun konnte, sprang der Hund auf wie ein Blitz, schnappte sich die Fische und verschwand Richtung Dorf.

Die Hyäne nahm die Verfolgung auf. Beide nutzten gebührend ihre Beine, der Hund erreichte aber als Erster den Zaun, der um das Dorf gezogen war. Als er eine Zaunlücke entdeckte, gedachte er sich schleunigst dort hindurchzuschlängeln, doch sein Vorhaben misslang, denn die Hyäne hatte ihn eingeholt und eines seiner Hinterbeine gepackt.

Ein Kater schlich gerade an jener Stelle vorbei. »Schnell!«, rief der Hund, »halte mir mein Paket, damit ich meinen Fuß befreien kann.« Dann wandte er sich mit einem höhnischen Lachen zur Hyäne: »Du Dummkopf, du glaubst, du hältst meinen Fuß fest, dabei ist es nur ein Zaunpfahl, den du gepackt hast.« Umgehend ließ die Hyäne ihren Fang los, um sich diesmal einen echten Pfahl zu schnappen. Der Hund war glücklich, dass er sie doppelt hinters Licht geführt hatte. Er drehte sich zum Kater um und wollte sein Paket wieder an sich nehmen; allein, so ein Pech, der kleine Spitzbube war mit den drei Fischen verschwunden!

Ein paar Spatzen, die dem Geschehen zugesehen hatten, versicherten dem Hund scherzhaft ihr Mitgefühl. Der Kläffer setzte sich nun auf seine Hinterbeine, legte seine Ohren an und dachte über sein Missgeschick nach.

Plötzlich hörte er eine Stimme von der anderen Seite des Holzzauns. Es war die Hyäne. Mit verstellter Stimme wollte sie ihn herbeilocken und rief: »*Ngoomi ye! Ngoomi ye!* Pfannkuchen zu verkaufen! Pfannkuchen zu verkaufen!«

Aus seinen Überlegungen herausgerissen, bellte der Hund stotternd als Antwort: »*Kolon tè! Kolon tè!* Hab keine Kauris*! Hab keine Kauris!«

---

* Kaurimuscheln dienten früher als Zahlungsmittel.

»*Naa a ta diourou la!* Dann leih dir welche!«, entgegnete die Hyäne.

»*Diourou magni! Diourou magni!* Leihen ist schlecht! Leihen ist schlecht!«, antwortete der Hund.

»*Naa a ta gansa!* Dann komm und nimm sie dir einfach so!«, gab die Hyäne zurück.

»*Taa wooota! Ta wooota!* Verzieh dich! Verzieh dich weit weg!*«, bellte der Hund.

Die Hyäne sah sich gezwungen, diese Partie aufzugeben, und trat den Rückweg an in der Hoffnung, sie könnte irgendwo im Gebüsch den Bock aufstöbern. Als sie wieder zum Rand des Tümpels kam, erblickte sie niemanden. Vom Bock machte sich nicht einmal der Geruch bemerkbar. Aus lauter Verzweiflung entschied sie sich, ein letztes Mal zu tauchen und ihr Glück zu versuchen.

Nachdem sie den Teich einige Male durchwühlt hatte, stieß sie an einen Körper. Das war kein Fisch. Dieser Körper war überdies so in sich zusammengekrümmt und mit Schlamm bedeckt, dass man nicht herausfinden konnte, um wen es sich handelte.

Für alle Fälle sagte die Hyäne: »Du Halunke! Ich habe dich in den Klauen, und diesmal entkommst du mir nicht!«

»Für wen hältst du mich?«, antwortete der Zusammengekrümmte. »Für deine Frechheit wirst du mir büßen!«

»Ich halte dich für den Pechbruder Bock, der mir seinen Verrat teuer bezahlen wird!«

»Du Verrückte! Ich bin der kleine Gott, der in den Teich hinabgestiegen ist, um die Fische zu beschützen. Ich bin es, der den Regen zur Erde schickt und den Blitz schleudert!«

»Wenn du wirklich der kleine Gott bist, na gut, dann sorge dafür, dass mein Gesicht vom Regen benetzt wird, und schicke mir den Blitz direkt vor die Nase!«, rief die Hyäne.

Bei diesen Worten bespritzte der Bock – denn natürlich war er der Gekrümmte – die Hyäne mit einem Strahl Wasser und versetzte ihr

---

* Der Dialog zwischen Hyäne und Hund folgt dem Rhythmus der jeweiligen Tierlaute.

mit seinen Hörnern einen heftigen Stoß direkt auf die Nase. Ohnmächtig suchte die Hyäne das Weite und heulte: »Es ist ein kleiner Gott, ein kleiner Gott des Gewitters und des Blitzes! Kleiner Gott! Kleiner Gott! Ein Gott, selbst in komprimierter Form, ist immer schrecklich!*«

Der Bock entstieg dem Tümpel. Den Bart voran und gefolgt von seinem Schwanz, begab er sich in aller Ruhe wieder auf den Weg zum Dorf, wobei er auf seine Art dahinschritt: *kokoï! kokoï! kokoï!*

Zu seiner Rechten saß eine Turteltaube in den Zweigen eines Baums und sang:

Bei dem Volk ohne Flügel,
ziehen die Nasenlöcher genüsslich den Tabak ein,
aber die Augen vergießen die Tränen!

Anders gesagt, wenn der eine zahlt, hat ein anderer den Vorteil davon …

Der Aufstand der Horntiere

oder

Der Tag, an dem die Rinder Milch trinken wollten …

Eine Legende der Fulbe, sprachlich (ein wenig) an bestimmte Verhältnisse in Afrika … oder anderswo … angepasst

Überall auf der weiten Welt gab es in jenen längst vergangenen Zeiten, als der Mensch und die Tiere eine gemeinsame Sprache sprachen, ein Land, das mit dichten Wiesen und fetten Weiden bedeckt war. In seinen Tälern strömten wasserreiche, nie versiegende Flüsse, und es war von Hügeln übersät, deren Hänge sanfter herabfielen als das Hinterteil der fahlgelben Hyäne.

Erstaunlicherweise war dieses sehr große und sehr schöne Land nur von Horntieren bevölkert. Die weiblichen Tiere, die viel häufiger anzutreffen waren als ihr männliches Pendant, waren allesamt vorzügliche Milchkühe. Was die Stiere betrifft, so trugen sie über ihren Schultern mit viel Würde einen Höcker voller Fett, der von ihrer Opulenz Zeugnis ablegte.

Das Volk der Horntiere wurde von einem König regiert. Dieser erledigte zur Zufriedenheit aller die Angelegenheiten des Staates. Er wusste seine Untertanen gegen die wilden Tiere und die Buschfeuer zu verteidigen. Das Merkwürdige dabei war, dass dieser König, obwohl ebenso ein Tier wie das Hornvieh, nicht zur gleichen Art gehörte. Er war kein Wiederkäuer. Er bewegte sich nicht auf vier Füßen fort, sondern nur auf zweien, genau wie der Strauß, der König der eierlegenden Wirbeltiere. Von diesem unterschied er sich jedoch, denn sein Hals war kürzer und sein Kopf dicker. Und während der Strauß, wie jeder weiß, in ein Federkleid gehüllt ist, war der königliche Körper hier und da mal mit längeren, mal mit kürzeren, mal mit prächtigen, mal mit spärlichen Haaren geschmückt.

Habt ihr erraten, wer dieser König war? Nein? Ich werde es euch sagen: Es war der Mensch, dieses rätselhafte Wesen, das, wie man sagt, vom Affen abstammt und nicht von Adam und Eva, wie es gewisse heilige Bücher behaupten. Dieses widersprüchliche Wesen, Affe oder nicht, liebt nichts mehr als Gott nachzuahmen – jenen Anarchisten, der Gehorsam verlangt und alles erfahren will, was um ihn herum vorgeht, aber nichts über sich selbst weiß.

Die Legende sagt nicht, wie die Horntiere dazu kamen, dass sie den Menschen zu ihrem Anführer wählten, und schon gar nicht, wo sie ihn aufgestöbert hatten. Auch gibt sie keine Auskunft darüber, ob dieser Chef der Mensch war, der vom Affen, oder jener, der von Adam und Eva abstammte. Sie stellt uns vor eine vollendete Tatsache, und es heißt ja, wenn der Met schon zubereitet ist, bleibt nichts, als ihn zu trinken und sich daran zu berauschen …

Der König des Horntierreiches hatte seine Rolle sehr ernst genommen, und er füllte sie gewissenhaft aus. Jeden Morgen führte er seine Gefolgschaft auf die Weide; dort leisteten alle gute Arbeit mit den Zähnen und füllten ihre »Bauchläden« reichlich mit Gras oder grob zermahlenem Kraut. Danach, während der Ruhestunden im Schatten großer Bäume oder des Nachts im »Dorfpark«, immer unter den Augen des Königs, vollendeten die Horntiere, versunken in ihren friedlichen Träumen, die Tagesarbeit, indem sie mit Eifer und Vergnügen den aus ihren Pansen aufsteigenden Mageninhalt durchkauten.

Solange die Horntiere mit dieser geruhsamen Tätigkeit, in aller Muße grasen und wiederkäuen, zufrieden waren, floss die Milch im Überfluss in die »Kalebassen-Kassen« des Staates. Alles lief auf vier Beinen, anders gesagt, alles lief vortrefflich!

Der König wurde fett. Sein Hintern, seine Backen und sein Bauch nahmen einen Umfang an, der selbst dem Kurzsichtigsten ins Auge gesprungen wäre.

Wie jedes Volk der Erde, das auf sich hält, betrachteten die Horntiere den üppigen Körperumfang ihres Königs mit mehr und mehr Verdruss. Ein ungestümer Stier, ein wahrer Rädelsführer der Rinder, unternahm einen Vorstoß, um diesen Zustand zu ändern, den er als ausgesprochen ungerecht empfand. Er hielt den Kälbern und Färsen eine Ansprache. So erreichte er, dass eine Versammlung einberufen wurde, auf der er im Namen der Rinder, Kühe, Färsen und Stiere forderte, man solle dem König eine Beschwerde vortragen.

»Warum«, brachte er vor, »ist unser König der Einzige, der sich von der Milch ernährt, während wir uns damit begnügen müssen, das Gras von den Weiden abzufressen? Wir wollen, dass er uns ebenfalls mit Milch ernährt, genau wie er selbst. Wenn nicht, gibt es einen Aufstand, bis er schlicht und einfach abgesetzt ist!«

Am Tag nach dieser denkwürdigen Versammlung, am frühen Morgen, ergoss sich ein riesiger Demonstrationszug über den Weg, der zum König führte. Die Menge der Horntiere schritt langsam voran, muhte, vor Kraft strotzend, ihren Zorn heraus und schlug mit Ohren und Schwänzen, als wollte sie lästige Fliegen verscheuchen. Die männlichen Tiere schwenkten ihre Köpfe hin und her, damit jeder ihre spitzen Hörner sah, ihre furchtbaren, todbringenden Angriffswaffen.

Der König trat auf den Vorplatz seines Anwesens.

»Was ist der Grund für diese Zusammenrottung?«, fragte er.

»Dir eine Forderung zu unterbreiten.«

»Ich höre.«

»Also, König. Wir haben genug davon, dass wir von Gras leben. Wir wollen, wie du, von Milch leben. Du musst uns mit diesem Nahrungsmittel versorgen, oder du bist nicht mehr unser Chef.«

Der König überlegte einen Augenblick. Dann sagte er: »Meine Freunde, habt ihr das Für und Wider eurer Forderung wirklich erwogen, bevor ich dem Gesuch stattgebe?«

»Natürlich haben wir das!«, gaben ihm die Rinder zur Antwort. »Hör auf, uns wie Viecher zu behandeln, denen es an Verstand mangelt und die nur wiederkäuen, aber nicht denken können. Wir wollen Milch, nichts als Milch, denn sie ist ein vollwertiges Nahrungsmittel.

Dank der fünf Tugenden, die Allawalam ihr verliehen hat, sorgt sie dafür, dass die, die ihren Lebensweg beginnen, gesund aufwachsen, und unterstützt jene, deren Tage sich neigen, darin, wieder zu Kräften zu kommen. Die Fulbe schreiben ihr neun Eigenschaften zu: drei, die nähren, drei, die heilen, und drei, die krankmachen. Wir haben die Wirkungskraft der Milch entdeckt. Es steht daher außer Frage, dass du uns weiterhin zum Grasfressen anhältst, während du selbst dich von diesem göttlichen Getränk ernährst!«

Die Stille ist eine zuverlässige Führerin, die kein Labyrinth in die Irre leiten kann. Angesichts des unvorhergesehenen Ereignisses nahm auch der König Zuflucht in die Stille. So konnte er nachdenken und eine Lösung finden. Er sagte: »So sei es! Ich gebe eurer Beschwerde statt. Von nun an führe ich euch nicht mehr auf die Weiden. Ihr bleibt alle im Park, und ich werde euch mit Milch ernähren.«

Die Horntiere muhten vor Freude. Der Rädelsführer-Stier stellte sich vor lauter Stolz auf seine Hinterläufe und brüllte aus vollem Hals: »Wir haben gesiegt! Und zum Teufel mit den Dummköpfen, die Angst haben, ihre Rechte einzufordern! Das Volk der Horntiere hat einen glänzenden Erfolg errungen gegen Unrecht und Diskrimination!«

Restlos zufrieden trabten Kühe, Stiere, Kälber und Färsen zum »Dorfpark« zurück. General Hund, der Stabschef des Horntierstaates, begleitete sie. Er blieb im Innersten skeptisch und spöttisch. Seiner Meinung nach standen die Horntiere nicht mehr mit vier Beinen auf dem Boden; sie hielten ihre Träume für die Wirklichkeit.

Als der Abend kam und die Sonne sich immer stärker zur Erde neigte, als sie ihr grelles silbernes Licht in sanfte goldgelbe Strahlen verwandelte, die dem Auge weitaus angenehmer sind, trat der König heraus und schritt zum Park. Er hatte eine große hölzerne Schale mitgenommen, die aus einem Baumstamm geschnitzt war.

Dem Hund gab er den Befehl, alle Milchkühe zu versammeln. Dann schlug er die Falten seines Gewands zur Seite und melkte die erste Kuh. Die so gewonnene Milch teilte er in vier Portionen: die erste Portion behielt er für sich, sie sollte für die Staatsausgaben aufkommen; die zweite stellte er der Mutterkuh zum Trinken hin und die dritte dem

Kalb, das schon wartete. Die vierte Portion war für den Rest der Herde. So machte er die Runde durch den ganzen Park und verfuhr bei jeder Milchkuh genauso wie er es bei der ersten Mutterkuh getan hatte. Am Ende hatten die Stiere fast nichts zu trinken bekommen.

Am zweiten Tag ging der König auf die gleiche Weise vor. Am dritten Tag war die männliche Herde fast vor Hunger gestorben. Und die abgelieferten Milchmengen wurden geringer. Die Stiere stimmten ihr Klagelied an: »Welch ein Unglück für uns, wir werden alle sterben!«

In dieser Situation griff der König ein. Er sagte: »Ich habe nur eurer Forderung Genüge getan. Wo soll ich denn die Milch melken, wenn nicht aus dem Euter der Kühe? Was euch angeht, Stiere, so habt ihr fast nichts erhalten, weil ihr nichts gegeben habt.«

Da wurden die Horntiere nachdenklich und änderten ihre Meinung. Sie baten den König um Erlaubnis, dass sie wieder auf die Weide gehen dürften.

Ein Chef ist keine Milchkuh, sondern ein Hirte, der wissen sollte, wie er die Milchkühe auf die Weide führt.
Wenn die Untertanen einen weisen König wünschen, sollten sie wissen, worum sie ihn bitten können, denn letztlich sind sie es selbst, die dem König geben, was sie von ihm fordern.

Wahrlich erlöst!

oder

Der unerwartete Ausgang einer Predigt

Eine Anekdote der Fulbe

Im Dorf Pékoye lebte ein Mann mit Namen Haman N'Dof. Trotz der Warnungen seiner Verwandten und Freunde heiratete er Penda Boné[*]. Noch nicht einmal eine Woche war seit dem Vollzug der Ehe vergangen, als die griesgrämige Laune von Penda Boné wieder zum Vorschein kam und sich täglich weiter verschlechterte. Nicht nur war diese Frau zänkisch, sondern alles ließ auch darauf schließen, dass ihr boshafter Charakter sich mit dem Alter verschlimmern würde. Allein an einem fand sie Vergnügen: nichts in der Öffentlichkeit zu unterlassen, was ihren Ehemann und die Seinen verdrießen konnte.

Die Eltern, Freunde und Nachbarn Haman N'Dofs, allesamt sanftmütige, ehrenwerte und umgängliche Leute, rieten ihm vergeblich, er solle sich von jener Frau trennen, jener teuflischen Person, die ihm keine der Freuden des Ehelebens bereitete und die überdies nur fruchtbar war, wenn es um Schreie und Klagen zum falschen Zeitpunkt ging.

Der betrübliche Zustand dauerte fünf Jahre. Überall fragte man sich, warum Haman N'Dof, der seine Frau nicht im entferntesten liebte und nie gut von ihr sprach, sie weiterhin ertrug. Doch wie das Sprichwort sagt: »Wenn ihr einen Mann auf einer lodernden Glut sitzen seht,

---

[*] »Boné« bedeutet »schlecht«, »Unglück«, aber auch »Bosheit«, je nach Standpunkt des Betrachters.

der sich vor Schmerzen krümmt, aber nicht aufzustehen vermag, dann hält ihn eine Kraft, stärker als die seine, in der Position fest.«

Indessen hat alles auf dieser Welt ein Ende …

Eines Tages kam ein Marabut auf dem Rückweg von Mekka durch das Dorf. Nicht nur hatte der Mann die Kaaba gesehen, den Schwarzen Stein geküsst und das heilige Grab des Propheten besucht, er hatte auch heiliges Wasser vom Zamzam-Brunnen mitgebracht und dazu noch eine respektable Menge gratis zu verteilender Segnungen. Alle wollten ihn sehen und hören. Da der Pilger versprochen hatte, am nächsten Morgen eine Predigt zu halten, die die Menschen in ihrem Glauben und in der Mildtätigkeit bestärken würde, versammelten sich alle Bewohner Pékoyes vor dem Haus, in dem er übernachtete, und es wurde still, damit ihnen kein Wort entging.

Der Marabut war wahrhaftig des Titels würdig, den er trug. Er war ein Gelehrter, den eine seltene Redekunst auszeichnete. Seine lange Predigt über den Weg des Heils berührte alle Anwesenden auf das Tiefste. Groß war die Zahl derer, die vor Bußfertigkeit weinten. Jeder fühlte sich von dem Wunsch getragen, sich zu bessern. Am Ende der Rede erhob sich Penda Boné als Erste. Zwischen zwei Schluchzern bat sie ums Wort.

»Oh Marabut, du Gehilfe Gottes und seines Propheten!«, rief sie aus. »Es drängt mich, meiner Reue, die ich angesichts meiner Sünden empfinde, Taten folgen zu lassen, und dafür nehme ich dich als Zeugen: Ich erlasse meinem Ehemann den Betrag der Mitgift, den er mir schuldet. In fünf Jahren hat er es nicht zustande gebracht, mir meine Mitgift zu zahlen.«

Der Marabut erbebte darüber vor Freude. Er dankte der Geberin, beglückwünschte sie zu ihrem löblichen Entschluss, den die Frömmigkeit ihr eingegeben hatte, und fragte dann die Menge: »Ist der Ehemann, dem dies zugutekommt, auch anwesend?«

»Ja, ich bin hier«, antwortete Haman N'Dof.

»Nun, mein Lieber«, sagte der Marabut, »Eure fromme Ehefrau hat einen rühmenswerten Schritt getan, der sie ins Paradies bringen wird …«

Haman N'Dof ergriff darauf das Wort: »Seit ich Penda Boné vor fünf Jahren geheiratet habe«, erklärte er, »hat sie in den Haushalt ihre kleine Schwester ›Pechsträhne‹ mitgebracht. Beide haben sich behaglich bei mir eingerichtet und meine beiden eigenen Schwestern ›Wohlstand‹ und ›Ruhe‹ hinausgeworfen. Seitdem ist es mir unmöglich geworden, die Summe für die große Mitgift, die ich ihr schuldete, aufzubringen. Aufgrund dieser Schuld finde ich mich seit meiner Verheiratung zwangsläufig an eine Gefährtin gebunden, die sich jeden Morgen auf meine Kosten eine neue Extravaganz leistet.

Ich kann euch nicht genug danken, zunächst Euch, Marabut, der Ihr meine Frau dazu gebracht habt, sich zu einer Danksagung aufzuschwingen, und dann auch meiner Frau selbst. Ihr und sie, ihr habt mich von zwei brennenden Sorgen befreit: von der Mitgift für Penda Boné und von Penda Boné selbst.«

»Was willst du damit sagen?«, fragte der Marabut.

»Ich will damit Folgendes zum Ausdruck bringen: Da ich Penda Boné nichts mehr schulde und da Ihr mir versichert habt, sie hätte eine Wohnung im Paradies gefunden, hindert mich nichts mehr daran, ihr zu sagen: Nimm alle deine Sachen und begib dich von meinem Haus in den Himmel, wo du glücklicher und im Zustand ewiger Reinheit unter den Erwählten leben wirst.

Um es noch deutlicher zu sagen: Ich verstoße sie als Ausgleich für die Mitgift, die sie mir so großzügig erlässt.«

Wie die Sonnenfinsternis entstand

Eine Legende der Bambara

N'Gala* schuf den Himmel und die Erde. Dann schuf er den Tag und die Nacht. Aus dem Tag machte er das Königreich von Tlé, dem Sonnenmann. Er gab diesem Gestirn zahlreiche Kräfte, salbte ihn zum König und machte seinen Namen zu einem Symbol von Stärke und Herrlichkeit.

Was die Nacht angeht, so wurde sie das Reich von Kalo, der Mondfrau, dem weiblichen Gestirn mit launischem Charakter und deren Namen man leicht mit »Lüge«** verwechselt.

Der Sonnenmann heiratete die Mondfrau, die Königin der Nacht. Nach dreizehn Tagen der Vereinigung wollte die Mondfrau ihren königlichen Gemahl verlassen, als plagten sie Gewissensbisse. Sie sehnte sich danach, zu ihren sieben Liebhabern zurückzukehren. Das waren ein Okkultist, der sich von lebendigen Rättinnen ernährte, ein reicher Grundbesitzer, der von Leber und Milch der Frösche lebte, ein einbeiniger Krieger, der jeden Tag eine Kalebasse voller Löwengalle austrank,

---

* N'Gala oder Mâ N'Gala ist bei den Bambara das höchste Wesen, Schöpfer aller Dinge. In einem Initiationslied der Komo-Geheimgesellschaft der Bambara heißt es:
Mâ-N'gala ist die unendliche Kraft.
Niemand kennt seine Bleibe, in der Zeit nicht und nicht im Raum.
Er ist *Dombali*, der Unergründbare, *Dambali,* der Nicht-Erschaffene, der Unendliche.
** *Kalo* bedeutet sowohl »Mond« als auch »Lüge«, mit einer leichten Abwandlung des »l« bei der Aussprache.

ein prunkvoller Prinz, der im Innern der Erde auf einer Feuerinsel residierte, ein alter Zauberer mit drei Augen, ein wunderschön anzusehender Reisender, der auf einer geflügelten Schildkröte reitend die himmlischen Sphären durchmaß, und schließlich der Meistgeliebte der sieben: ein Jüngling, dessen untere Gliedmaße aus Metall waren.

Es gelang der Mondkönigin, die für sie abgestellten Wachposten zu täuschen. Sie schlängelte sich durch aufgetürmte Wolkenberge hindurch, bis sie schließlich ihr Königreich erreichte. Der Sonnenmann nahm die Eskapade seiner Frau auf die leichte Schulter, für ihn war es nur eine vorübergehende Laune. Also machte er sich auf den Weg, ihr entgegenzugehen. Unterwegs traf er auf Sigilolo, den Büffelstern. Dieser setzte ihn wortreich über sein Unglück in Kenntnis.

Vor Eifersucht rasend, durchbohrte der Sonnenmann mit seinen glühenden Strahlen die Finsternis. Unzweideutig sah er seine Ehefrau im Kreise ihrer Liebhaber sitzen. Er stürmte vor, wollte sie packen und erwürgen, doch die Erde, die gemeine Kupplerin im Dienst der Mondfrau und ihrer Gefährten, stellte sich zwischen die vagabundierende Königin und ihren entehrten Ehemann.

Der Sonnenmann, vor Zorn außer sich, schwor, die Mondfrau in zwei Teile zu hacken. Damit er sie nicht verpasste, pflanzte er sich mitten auf dem Weg auf, den sie entlangwandern musste, wenn sie zum ehelichen Wohnsitz zurückkehren wollte. Als seine Ehefrau an ihm vorbeiging, erzeugte diese Position auf der Erde eine Dunkelheit, die alle glauben ließ, sie sei von Dauer. Das war die erste Sonnenfinsternis: *Kalo mina* oder »Beute der Mondfrau«.

Die Menschen waren von Panik ergriffen. Für sie war die Dunkelheit das Symbol des Todes an sich, denn niemand anders als die Dunkelheit umhüllt die Zauberer und die bösen Geister, wenn sie ihre unheilvollen Schicksalsschläge verbreiten.

Moriba, der Oberpriester seines Volkes, befahl allen Söhnen Adams, sie sollten sich lächerliche Kleidung anlegen und dumme Dinge tun, zum Beispiel Wasser in einem Mörser stampfen oder mit dem Gesicht zum Schwanz auf ein Reittier steigen und anderes dieser Art.

Moriba selbst hüllte sich in Lumpen, in denen Federn aller möglichen

Vögel steckten, und führte mitten in der Menge einen Tanz auf. Man konnte Männer sehen, die, wie bei den Frauen üblich, etwas auf den Rücken geschnallt trugen, der eine einen kleinen Hund, ein anderer ein Lamm, wieder andere ein Zicklein oder einen Hahn. Die Frauen hingegen hatten sich lange Bärte angeklebt und schwangen Holzgewehre durch die Luft. So parodierten und übertrieben sie männliches Verhalten. Dieser merkwürdigen Kohorte ging ein Trupp Kinder voran, die mit all ihren Kräften auf die verschiedensten Gerätschaften einschlugen und dabei lauthals Lieder mit den unwahrscheinlichsten Texten sangen, wie zum Beispiel:

Diakuma ye Kalo mina
Moriba ye don mi fo,
N'tumu de ye sama ba bin,
Dimogo ye badji ban.

Die Katze hat den Mond gefressen
am von Moriba verkündeten Tag,
ein Wurm hat einen Elefanten gefällt,
eine Fliege hat das ganze Wasser des Flusses getrunken.[*]

Diese Maskerade hatte nur ein Ziel: Sie sollte die Aufmerksamkeit des Sonnenmannes ablenken, damit das Licht, die Mutter des Tages, sich wieder ausbreiten konnte.

Der Sonnenmann sah, wie die verkleidete Menge wilde, lustige Bewegungen vollführte, und schüttete sich aus vor Lachen. Er gab den

---

[*] In modernen Städten wie z. B. Bamako ist diese alte Zeremonie völlig in Vergessenheit geraten. Und selbst der muslimische Brauch, dass die Gläubigen lauthals bestimmte Koranverse psalmodieren, beschränkt sich darauf, dass Kinder im Chor *La Ilaha ill Allah* – Es gibt keinen Gott außer Gott – singen. Sie sind dabei verkehrt angezogen (Hose statt Hemd, Schuhe auf dem Kopf usw.) und begleiten ihren Gesang mit Lärm, indem sie auf alles schlagen, was ihnen in die Hände fällt. Gesang und Krach dauern während der ganzen Sonnenfinsternis an.

Weg frei und sagte: »Licht, geh vorbei!« Die Mondfrau nutzte diesen Augenblick, schlich sich davon und kehrte nach Hause zurück.

Als der Sonnenmann bemerkte, dass die Mondfrau im gleichen Augenblick wie das Licht an ihm vorbeigehuscht war, war er zutiefst beleidigt. Umgehend nahm er die Verfolgung seiner Ehefrau auf und eilte ihr durch die Räume ihres weitläufigen Anwesens hinterher. Seitdem hat dieser Lauf nicht aufgehört. Und jedes Mal, wenn der Sonnenmann im Begriff ist, die Hand auf den Kragen der Schamlosen zu legen, kommt die Erde und stellt sich zwischen die beiden, so dass sie die Mondfrau mit ihrem Schatten bedeckt und den Sonnenmann blendet.

Das Mädchen mit der hölzernen Maske

oder

Der äußere Schein kann trügen

Ein Märchen der Fulbe

Als sie ihr Ende nahe fühlte und bevor sie in die Mysterien des Totenreichs einging, machte Mama Kumburu sich auf die Suche nach dem Baum Badhadhi[*] und vertraute ihm, als sie ihn fand, ihre kleine Tochter an.

»Oh du pflanzliches Wesen!«, sprach sie zu ihm. »Deinem Schutz überantworte ich die einzige Saat, die von mir bleibt. Ich bitte dich, lass sie zwischen deinem Holz und deiner Rinde wohnen und erlaube ihr erst, wenn sie volljährig ist, zu den Söhnen Adams zu gehen.«

Und so geschah es. Das kleine Mädchen wurde in das Innere einer hölzernen Maske gesteckt und im Schoße des Baumes verborgen. Mehrere Regenzeiten vergingen … Im Lauf der Jahre wuchs sie heran und wurde eine sehr anmutige junge Frau.

Eines Tages vernahm sie das Echo von Gesängen, das aus dem benachbarten Dorf herüberwehte. Ein stürmisches Verlangen überkam sie, in dieses Dorf zu gehen. Unmöglich konnte sie dem widerstehen, und so machte sie Anstalten, aus dem Baum herauszuklettern, der sie beschützte.

»Sei vorsichtig!«, riet ihr Badhadhi. »Diejenigen Kinder Adams, die ein anderes Geschlecht haben als deines, sind ungestüm und draufgängerisch; was die angeht, die das gleiche Geschlecht haben wie du,

---

[*] Name der Fulbe für den Balsambaum

so sind sie eifersüchtig und verstehen sich darauf, Böses zu tun. Da du aber darauf brennst, zu ihnen zu gehen, hier! Nimm diese beiden Krücken, lege diese große Maske an und setze sie niemals ab, es sei denn, du bist dir sicher, dass du unter den Menschen einen mächtigen Beschützer gefunden hast.«

Also verbarg sich das Mädchen vollkommen in der hölzernen Maske, verabschiedete sich vom Baum Badhadhi und schlug den Weg ein, der in das Dorf führte. Als sie bei den ersten Häusern anlangte, klopfte sie an die Tür eines alten Narren. Inständig bat sie ihn: »Ich flehe euch an, lasst ein wenig Platz für Leguel-Badhadhi*!«

Der Narr lachte höhnisch, schloss sein linkes Auge und sagte: »In diesem Haus ist selbst für eine Fliege kein Platz mehr! Hier setze ich meinen Fuß hin, dahin lege ich meinen Arm, und mein Kopf ruht dort hinten; an der Decke haben sich die Schwalben eingenistet; und was den Raum zwischen Boden und Decke angeht, so ist er Schauplatz eines fortwährenden Kampfes zwischen dem Wind, der meiner unteren Öffnung entfährt, und der Luft, die von draußen hereinkommt. In der Tat, mein Furz ist immer kräftig, und ich kann ihn kunstvoll variieren. Ich allein habe es in der Hand, ob er schwer und stinkend oder leicht und ohrenbetäubend daherkommt ...«

»Ich bin ein bejammernswertes Wesen«, sagte Leguel-Bdahadhi. »Ich bitte dich, hab Mitleid mit mir und nimm mich auf!«

»Suche das Weite!«, rief der Narr. »Wenn nicht, wird aus meinem Hinterteil ein schalkhafter Geist ausfahren, der dich schneller als deine zwei Krücken zum Teufel befördert!«

Leguel-Badhadhi klopfte an eine andere Tür. Es war der Wohnsitz der Mutter von Hammadi, dem edelsten und angesehensten jungen Mann im Dorf. Die alte Frau ließ die merkwürdige Gestalt eintreten, konnte sich jedoch nicht enthalten zu fragen: »Hölzerne Maske! Bist du ein menschliches Wesen oder ein Geist?«

---

* *Leguel*: kleines Holzstück

»Ich bin ein menschliches Wesen«, antwortete das junge Mädchen, »doch ein böser Zauber hat mich in diese Maske eingeschlossen, und ich kann nicht daraus ausbrechen.«

»Sei auf der Hut!«, sagte da die alte Frau. »Mein Sohn Hammadi ist ein neugieriger Mensch und kennt keine Skrupel! Wenn er herausfinden will, wie du bist und wer du bist, ist ihm nichts heilig. Damit es nicht noch zu einem Unfall kommt, empfehle ich dir, dass du stets in meiner Nähe bleibst.«

In diesem Moment erschien Hammadi: »Mutter!«, rief er. »Was ist das für eine grauenhafte Maske, schwarz wie eine mondlose Nacht?«

»Mein Kind, es ist ein leidgeprüftes Wesen, das der Teufel in eine Maske verwandelt hat.«

»Mutter, diese Maske ist eine Vorbotin des Unglücks. Der Ruch des Unheils umweht sie. Ich werde sie sofort ins Feuer werfen und die Asche ihres unseligen Körpers in alle vier Winde verstreuen!«

»Hüte dich, das zu tun, mein Kind, sonst wird man auf ewig Gesänge anstimmen, die dein trauriges Benehmen bloßstellen, und auf ewig wird man sich von dir erzählen, dass du die Gesetze der Gastfreundschaft gebrochen hast! Willst du, dass die ganze Familie durch dein Ungeschick der öffentlichen Verunglimpfung ausgesetzt wird?«

»Gut, Mutter. Da du es wünscht, werde ich dieser Maske mit den missgestalteten Lippen nicht mehr nach dem Leben trachten. Ich schwöre aber, ich mache ihr das Leben zur Hölle, bis sie von selbst dahin verschwindet, woher sie gekommen ist.«

Hammadi hielt Wort. Von jenem Tag an ließ er die Maske ausschließlich mit dem Urin seines Pferdes waschen; wenn er spuckte, dann nur auf sie; er verbot ihr, sich an jeglicher Unterhaltung zu beteiligen; war es warm, sperrte er sie in einen winzigen Raum, und in der kühlen Jahreszeit setzte er sie den kalten Nordwinden aus.

Merkwürdigerweise schien »Hölzerne Maske«, anstatt verbittert zu sein, sich darüber zu freuen, dass sie ein Objekt so ausgeklügelter Schikanen war.

Eines Tages kam ein Herold ins Dorf und verkündete: »Oh weiße[*] und schwarze Menschen, Männer und Frauen, Freie und Sklaven! Der mächtige König von Sakaye lädt euch ein, die Feierlichkeiten zu besuchen, die er aus Anlass der Rückkehr der Herden veranstalten will!

Oh ihr jungen Leute! Kommt und eilt nach Sakaye! Schöne Frauen mit strahlend hellen Augen werden euch empfangen; ihre Zähne, die Perlen ähneln, werden selbst die Kühnsten bannen; der Hals wurde in unnachahmlicher Kunstfertigkeit geformt; und der Wohlgeruch, der ihrem Körper entströmt, betört die Tapfersten und befeuert die Kühlsten …

Sie werden die Taten der Ardos[**] besingen. Und den tapferen Hirten, die die Löwen, die Zerstörer unserer Herden, töten, gewähren sie ihre Liebkosungen und die leidenschaftliche Berührung ihrer schmiegsamen Körper. Ihre Fersen sind so eben wie ihre Zunge! Seide ist die einzige Rivalin ihrer Haare! Kommt, ihr jungen Leute, und eilt zu den Schönen von Sakaye!«

Hammadi hörte die Rede und fand, es sei der Mühe wert, den Marsch von dreiunddreißig Tagen auf sich zu nehmen, der sein Dorf von Sakaye trennte. Er befahl, Reisevorbereitungen zu treffen. Als alles zur Stelle war und er den Segen seiner Mutter erhalten hatte, zog er los.

Als er nach Sakaye kam, mit seinen Griots und seinen Bediensteten im Gefolge, wurde er seinem Rang entsprechend empfangen und an einen Platz geleitet, der seiner edlen Herkunft würdig war. Die Künstler und Sängerinnen wetteiferten mit den Griots, wer die schönsten Loblieder auf ihn sang und wer seine Vorfahren in genealogischer Reihenfolge

---

[*]   Gemeint ist die relativ helle Hautfarbe bei den Fulbe.
[**]   *Ardo*: Oberhaupt der Fulbe. In früheren nomadischen Zeiten bestimmte der Ardo die Wanderung der Herde oder der Menschen; er war gewissermaßen der »Herr des Weges«. Seine Rolle konnte auch eine religiöse sein, wenn er gleichzeitig *silatigui* war, d. h. Priester und Meister der Initiation. Mit der Sesshaftigkeit wurden die Ardos Chefs auf Zeit, Vorsteher von Dörfern oder Kantonen, sogar Könige oder Herrscher. Die Taten der berühmtesten unter ihnen werden von den Griots besungen.

am vollständigsten aufsagen konnte. Die Gitarristen zupften kunstvoll ihre Instrumente und spielten eine Melodie, die Tapferkeit selbst in die Herzen der Ängstlichsten trug.

Natürlich bewunderte Hammadi das dichterische Talent und die Schönheit der jungen Frauen, doch besonders fiel ihm eine Maid von achtzehn Lenzen auf. Sie war nicht zu dick, bewegte sich also grazil, und nicht zu mager, es bestand also keine Gefahr, dass sie mit ihren spitzen Knochen den aufspießen würde, der ihr nahekam. In ihrem hübschen, offenen Gesicht malten ihre Augenbrauen zwei anmutige braune Kurven, die ihren hellen Teint betonten.

Und ihre Augen … ach, ihre Augen! Umrandet von einem Weiß, das an frisch gemolkene Milch erinnerte, erstrahlte die Pupille wie eine Jadeperle. Kurz und gut, ohne dass man noch ihren Schmuck und ihre Kleider schildern müsste, die von seltener Kostbarkeit waren, vereinigte diese Maid in sich alle Vorzüge und alle Reize der Welt, und den jungen Leuten wäre nichts lieber gewesen, als dass sie diese siegesgewiss zur Schau gestellt hätte. Wie schade aber! Bedacht, ihre Schätze zu bewahren, blieb die Maid von den Annäherungsversuchen der jungen Männer, die ihr den Hof machten, gänzlich unbeeindruckt.

In der Entflammbarkeit seines jugendlichen Alters ließ Hammadi sich von ihr hinreißen. Er zählte auf seine Herkunft und seinen Reichtum und stellte sich vor. Er sagte zu ihr: »Meine Schwester, willst du mir die Ehre des ›Djengo‹* geben? Meine Griots werden singen, was deinen Ohren schmeichelt, und meine Gitarrenspieler werden dir Melodien nach deinem Geschmack und deinen Vorlieben zu Gehör bringen. Sie werden sie so miteinander verknüpfen, dass sie deine Rivalinnen verstimmen und unsere Toten und die Toten unserer Toten vor Freude tanzen.«

Die Maid lächelte. »Ich gewähre dir deinen Wunsch«, sagte sie. »Hier ist eine Matte für dich, und hier sind Matten für deine Pagen und Griots. Mach es dir bequem, und möge meine Loge geräumig für dich sein.«

---

* Fest, Versammlung am Abend

Hammadi fühlte sich äußerst geschmeichelt. Er nahm auf der Matte Platz, kreuzte seine Beine und sagte zu seinen Griots: »Lasst mich die Loblieder auf die Frau hören, die ich liebe und die mir gegenübersitzt.«

Kaum hatten die Griots ihre beschwörende Musik angestimmt, als die ersten Stöße eines schrecklichen Erdbebens die Stadt erschütterten. In Panik liefen die Gäste auseinander, jeder wollte nur noch den eigenen Kopf retten. Nur Hammadi blieb unbeweglich sitzen, als hätte er auf dem Thron seines Vaters Platz genommen.

Die Maid, die lächelte und sich gelassen gab wie eine Königin in ihrem Palast, achtete nicht auf die Gefahr und wandte sich an Hammadi. »Wie stirbt ein echter Fulbe«, fragte sie ihn, »ungeachtet seines Stammbaums?«

»Der Tod ist unvermeidlich«, antwortete Hammadi ruhig. »Wer sich ihm entziehen will, ist ein Tor. Je mehr du auf der Hut bist, desto eher überrascht er dich. Heilmittel und Zauber, alles beugt sich vor ihm, wenn er über die Schwelle tritt. Er kommt wie ein Reptil und geht mit der Seele, die er holen wollte. Man kann nichts ausrichten, wenn er in seiner unvergleichlichen Art zuschlägt.

Ein echter Fulbe sollte mit den Waffen in der Hand sterben, im Kampf, wenn er seine Herden gegen die Raubtiere verteidigen muss, zuallererst gegen den Löwen. Wie traurig ist es, auf einer Matte dahinzusiechen, blass und mit keuchendem Atem! Welche Qual, nur noch im Schlepptau von irgendjemand an die frische Luft und wieder zurück in sein Zimmer zu kommen, schweißgebadet und den Raum mit seinen stinkenden Ausdünstungen verpestend! Meine Schwester, ein echter Fulbe stirbt mit einer spitzen, gut gehärteten Lanze in der rechten Hand und den Zügeln eines feurigen Streitrosses in der linken.«

Indessen fuhr die Erde fort zu beben, erschütterte alles auf das Heftigste, entwurzelte die Bäume und warf die Menschen zu Boden. Die Balkone vor dem Palast stürzten auf die Dächer der benachbarten Häuser, diese wiederum auf die Dächer der Hühnerställe. Esel iahten, Schafe blökten, Kühe muhten, Menschen schrien und Pferde wieherten panisch, kurz, es entstand ein Höllenlärm, der alle in Angst und Schrecken versetzte. Das Krachen der umstürzenden Bäume scheuchte die Hühner auf, die laut gackerten, und jagte eine Krötenschar aus ihrer Höhle, die sich vergeblich an die Wasserbehälter klammerte und mit ihnen zusammen in die Abgründe gewirbelt wurde, die sich fast überall auftaten.

Alle ergriffen die Flucht. Die Stadt war ein Trümmerfeld, nur das Haus, in dem sich Hammadi und die Maid aufhielten, stand noch an seinem Platz. Plötzlich wurde das Dach aufgerissen, das sie geschützt hatte, und der Kopf eines schrecklichen Ungeheuers wurde sichtbar. Aus seinem Flammen speienden Mund schossen dreiunddreißig Angst einflößende Tentakel auf die beiden zu.

Hammadi stieß die Maid in eine Ecke. Schnell zog er einen Ring von seinem Finger und schob ihn ihr auf den Ringfinger. »Dies«, sagte er, »ist das Unterpfand unserer Verbindung. Sollte ich fallen, wird er dich immer an mich erinnern.«

Dann zog er seinen Säbel, stellte sich in Positur, nahm seine ganze Kraft zusammen und hieb den Fangarm ab, der ihn packen wollte. Aus der mysteriösen Zunge schlug ein Flammeninferno. Hammadi verlor das Bewusstsein.

Als er wieder zu sich kam, stellte er verblüfft fest, dass man ihn fortgebracht und auf den Müllhaufen hinter seinem Heimatdorf geworfen hatte. Die Sache war ihm ein vollkommenes Rätsel. »Gewiss habe ich ein außergewöhnliches Abenteuer erlebt«, sagte er sich. Er erhob sich, schüttelte seine Kleider aus und ging nach Hause. Dort traf er alle seine Gefährten, die genau so verstört waren wie er, hatten sie sich doch einige Zeit vorher auf die gleiche geheimnisvolle Weise in ihrem Dorf wiedergefunden.

Hammadi ließ seinen Thiorinké, den Magier und Zauberer der Fulbe, kommen.

»Befrage deine Orakel«, gab er ihm auf, »und bitte die unsichtbare Macht, mich wissen zu lassen, was ich tun muss, damit ich am Ungeheuer von Sakaye Rache nehmen kann.«

Der Thiorinké malte symmetrische, durch verschiedenartige Figuren voneinander getrennte Punkte auf den Boden und hob an zu einer Anrufung:

Gestirn vom Montag, tritt in das Gestirn vom Sonntag ein!
Gestirn vom Dienstag, tritt in das Gestirn vom Samstag ein!
Gestirn vom Mittwoch, tritt in das Gestirn vom Freitag ein!
Gestirn vom Donnerstag, kreise zwischen den drei Gatten, bewaffne
dich mit deiner Keule, deinem Dolch, deinem großen Messer, mit deiner
Lanze, deiner Axt und deinem Säbel. Sage allen, dass Hammadi auf
den Stier gestiegen ist, der vom Ochsen Hamtudo abstammt, und auf
die Kuh, die vom Stier Demba abstammt, auf die Antilope aus der
Ebene Demburu und auf das Kitz, das von einer Löwin trinkt.
Seine Kraft schneidet mit scharfkantigem Wasser. Seine Seele stillt
ihren Durst mit frischem Feuer.
Sein Emblem befindet sich auf einer Luftinsel, wo es bewacht wird von
einem spöttischen Reptil, das einem trocknen Baumstumpf den Hof
macht.

Nach dieser Litanei, die in auf- und abschwellenden Tönen vorgetragen wurde und wenig verständlich für die gewöhnlich Sterblichen war, fuhr er fort:

Wie ich es weiß, wie du es weißt und wie er es weiß, ist meine Anrufung
der Schlüssel, der die ehernen Pforten öffnet, hinter denen sich uner-
messliche Schätze verbergen. Meine Anrufung verschafft dir jeden
Thron dieser Welt und verhilft dir zum Sieg über alles auf dieser Erde.
Par ku hop, ko kum hop, ko kum hum hua hop! Dank der Brandzeichen
des heiligen Ochsen und ihrer geheimen Bedeutungen, dank des Zau-
berstabs des wandelbaren Hirten ist Hammadi Sieger über das Unge-
heuer von Sakaye!

Oh ja! Oh ja! Das Wasser hat die Erde gelöst und das Feuer gelöscht;
die Luft hat das Wasser getrocknet, und der Mensch ist Sieger über die
Luft.[*]

Nach diesen vieldeutigen Worten sagte der Thiorinké zu dem jungen Mann: »Prinz, die höhere Macht ist dir gewogen. Der oberste Geist hat den Befehl erhalten, dass er das Ungeheuer mit den Tentakeln in den finstersten Kerkern in Ketten legen muss. Was die Jungfrau angeht, so hatte das Ungeheuer sie entführt. Sie hat die Freiheit wiedererlangt, doch ist weiß nicht, wohin sie sich begeben hat.«

Hammadi suchte seine Mutter auf. »Mutter«, sagte er zu ihr, »ich muss auf Reisen gehen, und zwar für den Rest meines Lebens, es sei denn, mir würde das Glück zuteil, dass ich in absehbarer Zeit die Maid aus Sakaye wiederfände. Ohne sie wird mir das Leben zur Hölle.«

Und aus dem Stegreif sang er folgendes Lied:

Schönes Gesicht, welche Freude, betrachte ich deine helle Haut,
so wohlgeschaffen und so ansprechend!
Deine Zähne sind edle Perlen, du selbst bist von edler Herkunft.
Das Bild deiner geschwungenen Hüften
und deiner schlanken Taille lässt mich rufen:
Ich Armer, ich beweine meine Seele …

---

[*] Anspielung auf die elf fundamentalen traditionellen Kräfte. Nach Auffassung der Fulbe zerstört jede diejenige Kraft, die sie hervorbringt. Da sind zuerst fünf materielle Kräfte: Der Stein bringt das Eisen hervor, das ihn zerstört, dieses entfacht das Feuer, das es schmelzen lässt, das Feuer bringt das Wasser hervor, das es löscht (zum Feuer gehört auch die Hitze, die das Wasser dem Körper entzieht und die Regenzeit ankündigt); das Wasser bringt die Luft hervor, die es austrocknet (der Regen wird von Wind begleitet, die Wasserläufe erzeugen eine Brise). Im Kern der elf Kräfte steht der Mensch. Er ist »Sieger über die Luft«, weil er als einziges Lebewesen gegen den Wind marschieren kann. Kein Tier kämpft gegen den Wind an, entweder geht es mit ihm oder sucht Schutz vor ihm. Dann folgen fünf immaterielle Kräfte, die man nur in ihrer Wirkung wahrnimmt: Der Mensch wird von der Trunkenheit besiegt, die Trunkenheit unterliegt dem Schlaf, der Schlaf wird von der Sorge, die Sorge vom Tod besiegt, der Tod aber wird vom ewigen Leben im Jenseits besiegt. (A. H. Bâ: *Contes initiatiques peuls*, Paris 1994, S. 323.)

Keine Nacht gibt es mehr, selbst der Tag ist mir unliebsam!
Keine Nahrung schmeckt mehr und zieht mich an.
Eine Dunkelheit lässt all meine Sinne trauern,
so sehr, dass ich kaum mehr
den Schrecken des Todes spüren werde.
Ach, ich Armer! Ich beweine meine Seele …

Du Schöne! Zum Ort, der dich verbirgt, breche ich auf.
Die Morgenröte trifft mich reisend an.
Wenn eine Armee dich gefangen hält, ich werde dich befreien!
Wenn die Tapfersten sich mir entgegenstellen, ich werde sie durch-
bohren!
Ach, ich Armer! Ich beweine meine Seele …

Hammadis Abreise wurde auf drei Tage später festgesetzt. Seine Mutter war mit so vielem beschäftigt und so aufgewühlt, dass sie nicht wusste, wo ihr der Kopf stand. Ihre Gedanken überschlugen sich, alles machte sie verkehrt … Schließlich bereitete sie für die Reisenden eine große Menge Honiggebäck zu, das sie zu Kugeln formte.

Leguel-Badhadhi war noch immer in ihrer hölzernen Maske eingeschlossen und stützte sich auf ihre Krücken, als sie sich der alten Frau näherte. »Mutter«, schlug sie ihr vor, »ich möchte ein paar kleine Kugeln zubereiten. Sie sollen deinem Sohn Glück bringen.«

»Oh, Leguel-Badhadhi, das ist sehr freundlich von dir, aber du kennst ja die Gefühle, die Hammadi dir gegenüber hegt. Falls er dich dabei überrascht, dass du die Hände in seinem Kuchenteig hast, bringt er dich um!«

»Höre, gute Mutter, Hammadi wird mich nicht überraschen. Sechs oder sieben Kügelchen, das ist schnell gemacht. Bevor Hammadi von seinem Vater zurückkommt, von dem er sich verabschieden will, bin ich damit fertig.«

Hammadis Mutter gab nach und ließ Leguel-Badhadhi gewähren. Mit erstaunlicher Geschicklichkeit formte sie mit ihren Händen sieben vollendete Kugeln. Voller Bewunderung für die außergewöhnliche

Kunstfertigkeit des jungen Mädchens rief die alte Frau aus: »Möge die Reise meines Sohnes so angenehm sein, wie diese Kugeln schön sind!«

Im Morgengrauen brach Hammadis Truppe zu ihrer Reise auf. Tagein, tagaus wanderten sie weiter und weiter. Bei jedem Essen teilte Hammadi selbst die Vorräte auf, jeder erhielt sieben Kugeln Gebäck.

Eines schönen Morgens kamen Hammadi und seine Truppe an das Ufer eines geheimnisvollen Flusses. Ein Fischer schien der einzige Sterbliche an diesem Ort zu sein. Hammadi grüßte ihn.

»Guter Fischer! Was ist das für ein Fluss, der so breit ist, dass man am anderen Ufer nichts erkennen kann?«

»Das ist der Grenzfluss«, antwortete der Fischer. »Er trennt den östlichen Kontinent[*] vom westlichen. Seine Länge beträgt siebzig Millionen Ellen.«

»Guter Fischer, ich möchte mich auf die andere Seite des Flusses begeben. Was muss ich tun?«

»Es gibt nichts zu tun. Man kann nicht übersetzen.«

»Wer bist du in Wirklichkeit, vermeintlicher Fischer?«

Ich bin der Hüter des Geheimnisses der Kuh[**] und der Verwahrer des Geheimnisses dieses Flusses. Kehre auf deinem Weg zurück; das, was du suchst, ist hinter dir. Hammadi, die höhere Macht erlaubt mir nicht, dich weitergehen zu lassen.[***] Die Vorräte werden dir ausgehen: Sie reichen gerade noch für heute.«

Hammadi vergewisserte sich, dass ihm tatsächlich nur noch Kügel-

---

[*]   Die Begriffe »östlich« und »westlich« haben oft eine spirituelle Bedeutung, die mit der Lichtsymbolik in Zusammenhang steht.

[**]   Die Initiation der Fulbehirten beruht auf einem Symbolismus, der mit den Horntieren verbunden ist. Hier handelt es sich um die ursprünglich hermaphroditische Kuh. (A. H. Bâ / G. Dieterlen: *Koumen, texte initiatique des pasteurs peuls*. Paris 2010.)

[***]   In der von A. H. Bâ ebenfalls aufgezeichneten Initiationserzählung *Kaïdara* kann nur der Held, der alle Prüfungen bestanden hat, den »Grenzfluss« überqueren, der die sichtbare Welt von der unsichtbaren trennt. (A. H. Bâ: *Contes initiatiques peuls*, Paris 1994, S. 295). Hammadi ist aber nicht auf einer Initiationsreise und kann daher die Grenzen der sichtbaren Welt nicht überschreiten.

chen für eine einzige Mahlzeit übrig blieben. Er scharte seine Männer um sich und verteilte die Kugeln Honiggebäck. Für sich selbst verwahrte er die sieben kleinsten, denn er sagte sich, dass ihre Schönheit wohl ihren mangelnden Umfang ersetzen würde. Er aß sechs davon, dann kam die siebte an die Reihe. Als er sie auseinanderbrach, entdeckte er darin den Ring, den er deer Maid aus Sakaye gegeben hatte. Er rief: »Oh, ihr Muskeln, wo immer ihr auch meinen Körper bewegt, kommt den Knochen meines Skeletts zu Hilfe! Ist mein Blutkreislauf normal? Ist das Hoffnung oder Hohn? Verflüssigt sich mein Körper? Habe ich es mit einer bösartigen Fee, einem verschlagenen Geist oder einem eifersüchtigen Kobold zu tun?«

Im selben Moment stieß der Fischer einen heiseren Schrei aus und verwandelte sich in eine riesige Seekuh*. Er machte einen Kopfsprung in den Fluss und verschwand.

Hammadi betrachtete nachdenklich die Stelle, an der der Fischer verschwunden war. »Das Schwierige vermählt sich mit dem Unverständlichen, und aus ihrer Vereinigung entsteht das Unerklärliche«, sagte er. »Oh weh! Seit ich das Ungeheuer von Sakaye erblickt habe, hat die Sonne meines Glückes sich verdunkelt.«

Bei diesen Worten erschien die Seekuh erneut: »Hammadi«, rief sie, »geh zurück zu deiner Mutter!«

Hammadi und seine Truppe machten sich also auf den Heimweg. An Früchten und Wild mangelte es unterwegs nicht. Die Reise endete ohne Zwischenfall.

Als Hammadis Mutter sah, dass ihr Sohn wiederkehrte, lobte sie Gott in höchsten Tönen, so dass man sich fragte, ob sie eines Tages wohl damit aufhören würde …

»Mutter!«, rief Hammadi. »Willst du, dass ich lebe?«

»Ganz bestimmt, mein Kind.«

---

* Großes Säugetier, das in tropischen Flüssen lebt. Sein langer, stromlinienförmiger Körper mit nur zwei Flossen vorn gilt als Ursprung des afrikanischen Mythos von den Sirenen.

»Dann musst du mir sagen, wer die Person ist, die die sieben kleinsten Kugeln meines Honiggebäcks zubereitet hat.«

»Oh, mein Kind! Niemand anders als deine Mutter hat die Kugeln gebacken.«

»Mutter, begreife doch. Deine Weigerung, mir zu antworten, wird mich dem Wahnsinn ausliefern, wenn nicht sogar umbringen. Ich weiß, dass eine fremde Hand an dem Gebäck beteiligt war. Dafür habe ich einen Beweis.«

»Mein Kind, schwöre mir bei dieser Brust, von der du getrunken hast[*], dass du dem Schuldigen nichts antust.«

»Ich schwöre es tausend Mal, Mutter!«

»Es ist Leguel-Badhadhi!«

»Mutter, ich will, dass man Leguel-Badhadhi sofort herbringt und dass man überall meine Entscheidung bekannt gibt, sie noch heute Abend zu heiraten.«

»Zu Hilfe, ihr Familien der Fulbe!«, schrie Hammadis Mutter. »Mein Sohn hat den Verstand verloren! Ich Unglückliche, denn der Wahnsinn ist durch das große Tor in mein Heim getreten! Ich Unglückliche, an jedem meiner Haarzöpfe hängt eine Idiotie! Ich Unglückliche, der Abgesandte des Teufels ist der ungebetene Gast in meinem Haus! Ich Unglückliche, mein Sohn ist verrückt geworden!«

»Nein, Mutter, ich bin nicht verrückt. Augenblicklich bin ich der gesundeste Mensch auf der Erde. Niemals war ich bei so klarem Verstand. Das Licht der Freude erleuchtet das Dunkel meiner Seele. Mutter, hör auf zu schreien … Die mir Tag und Nacht den Schlaf geraubt hat – rate, wer es ist?«

»Ich weiß es nicht, mein Kind.«

»Mutter, es ist Leguel-Badhadhi. Und die Frau, für die ich sterben möchte – rate, wer es ist?«

»Ich weiß es nicht, mein Kind.«

»Mutter, es ist Leguel-Badhadhi.«

---

[*] Der heiligste Schwur in Afrika

Hammadi erzählte nun seiner Mutter die Geschichte des Ringes und zeigte ihn ihr. Die alte Frau staunte darüber so sehr, wie es nur eben möglich war.

Die Hochzeit wurde nach der Sitte des Waye gefeiert, Stammvater des Fulbeclans der Férobé.

Leguel-Badhadhi, nun von ihrer hölzernen Maske befreit, tauschte ihre winzige Zelle gegen den prinzlichen Palast.

Seitdem war Hammadis Hirn am richtigen Platz, und alle Dinge kamen wieder in ihre alte Ordnung ...

Und das Märchen verlässt mich dort, wo es mich angetroffen hat.

Die Lüge, die zur Wahrheit wird

Ein Märchen der Fulbe

Eines Tages schnüffelte eine Hyäne unweit eines Dorfes herum, als sie ein totes Zicklein fand. Überglücklich schnappte sie sich die Beute, lief vom Dorf fort und zog sie in ein Gebüsch, um dort ungestört zu schlemmen. Doch in dem Moment, als sie es verschlingen wollte, erspähte sie in der Ferne ein Rudel Hyänen, das geradewegs auf sie zugelaufen kam. Aus Angst, ihre Artgenossinnen könnten ihr ihren Leckerbissen entreißen, versteckte sie eilends das Zicklein und ließ sich am Wegesrand nieder. Dort begann sie zu rülpsen und geräuschvoll zu gähnen: »Bwaah! Bwaah! Bwaah!«

Die Heraneilenden blieben stehen: »Schwester Hyäne, was ist los?«

»Lauft schnell zum Dorf! Sämtliches Vieh ist tot, und man hat die Kadaver auf den Müll geworfen. Ich habe mir den Bauch vollgeschlagen. Nun gehe ich heim und halte einen Verdauungsschlaf.«

Auf diese verheißungsvolle Neuigkeit hin jagte das Rudel Hyänen so ungestüm in Richtung Dorf, dass hinter ihm eine riesige Staubwolke aufwirbelte.

Die Hyäne beobachtete das Schauspiel und sagte sich schließlich: »Sollte meine Lüge zur Wahrheit geworden sein? Denn niemals kann eine Lüge allein eine solche Staubwolke aufwirbeln! Nichts wie hin, es ist wahr geworden! Meine Lüge ist zur Wahrheit geworden!«

Sie ließ ihr Zicklein liegen und eilte ebenfalls ins Dorf …

Die Kraft der Lüge nimmt, wenn man sie immer wieder sagt, derart zu, dass eines Tages selbst der, der sie in die Welt gesetzt hat, daran glaubt.

Die Lektion in Demut

Ein mystisches Märchen der Fulbe

Im Königreich Soulé, in einer Felsgrotte an einem Berghang, der abwechselnd von der Sonne verbrannt, von den Winden gepeitscht oder vom Regen geschüttelt wurde, lebte ein Eremit mit Namen Soly. Er ernährte sich nur von wilden Früchten und goldfarbenem Honig. Er trank nur Quellwasser und machte nur dann einen Spaziergang durch Wald und Flur, wenn die Bienen Pollen sammelten.

Eines Tages wagte sich ein Hirte, der die naschhafte Gewohnheit hatte, den süßen Nektar der Blumen und wilden Früchte abzulecken, weiter als gewöhnlich den Berg hinauf und gewahrte den Anachoreten. Er wollte sich ihm nähern und mit ihm sprechen, doch der Einsiedler ergriff die Flucht, als wäre er von einem wilden Tier bedroht worden. Da seine Neugier geweckt war, nahm der Hirte die Verfolgung des Mannes auf. Inmitten der Bäume und Felsen lieferten sie sich ein rasendes, wildes Rennen wie zwei Mäuse, die sich gegenseitig jagen. Am Ende bot sich dem Eremiten kein anderer Ausweg, als sich in seine Grotte zu flüchten. Der Hirte zwängte sich hinter ihm in die Höhle, doch sie war weitläufig, und die unterirdischen Gänge waren alle miteinander verbunden, so dass er nirgends eine Stelle fand, wo er den Eremiten hätte aufhalten oder abfangen können.

Erschöpft hielt der Hirte im Laufen inne. Als er wieder zu Atem gekommen war, stieg er aus der Höhle und machte sich auf den Rückweg.

Er begab sich geradewegs zum König Seydu, dem Oberhaupt jener Gegend und Vasall des großen Königs von Soulé. Zu ihm sagte er:

»Hoher Herr! In der geheiligten Grotte habe ich mit meinen eigenen Augen einen Mann gesehen, der mit Blättern und Pflanzenfasern bekleidet war. Ich wollte wissen, wer er ist, und bin auf ihn zugegangen, um mit ihm zu reden, doch er ist vor mir geflüchtet wie ein Lamm, das von einer Hyäne bedrängt wird, und ich habe ihn nicht einholen können. Ohne Zweifel ist dieser Mann ein Heiliger; wenn nicht, kann er nur ein Irrer oder ein bösartiger Teufel sein.«

Die Neugier des Königs war geweckt. Er ließ seinen Schwertträger und den General der Kavallerie zu sich rufen. Ihnen befahl er: »Versammelt unsere Truppen und umzingelt den Berg, zu dem der Hirte hier euch führen wird. In einer der heiligen Höhlen dieses Berges lebt ein Mann, wenn es nicht ein Teufel ist. Um jeden Preis müsst ihr ihn zu mir bringen. Wenn nicht, schneide ich euch die Kehle durch! Los!«

Die Soldaten umstellten den Berg, blockierten alle Wege und stiegen zu der Höhle auf. Der Anführer rief den Eremiten, schrie ihm zu, dass der König mit ihm zu sprechen wünschte. Da der Einsiedler sah, dass er in der Falle saß, kam er aus seinem Versteck hervor und erklärte sich einverstanden, den Soldaten zu folgen. Die Truppe machte sich auf den Weg zu Königs Seydus Palast.

Als man den Eremiten vor den König brachte, wurde dieser bei seinem Anblick von einer unerklärlichen Regung erfasst. Sein Herz war von einem tiefen Gefühl religiöser Ehrfurcht erfüllt. Er befragte ihn mit Sanftmut: »Wie heißt du?«

»Ich heiße Soly.«

»Was tust du in der Grotte im Berg?«

»Dort lerne ich mich zu beherrschen und mich zu läutern.«

»Warum fliehst du deinesgleichen, als wären sie eine abscheuliche ansteckende Krankheit?«

»Ich kann auf deine Frage nicht antworten, oh König, denn du befindest dich auf einem Berggipfel, während ich unten in einem tief eingeschnittenen Tal stehe. Mein Wort dringt nur wie das sterbende Echo einer weit entfernten Stimme zu dir vor. Die Entfernung, die uns trennt, ist zu groß.«

»Und was muss geschehen, damit diese Entfernung aufgehoben

wird und deine Worte mit meiner Seele in Berührung kommen können?«

»Dazu musst du mein folgsamer Schüler werden.«

»Ich bin bereit, mich von dir unterweisen zu lassen. Doch was muss ich dafür tun?«

»Steige von deinem Thron, tausche deine schönen Kleider gegen eine abgetragene Kutte und lass deinen Reichtum hinter dir. Und damit du dich nicht bedauerst, denke, dich habe ein Schicksalsschlag getroffen, und sage dir, wie hart das Unglück auch sein mag, das dir widerfahren ist, es gibt immer noch ein schwereres Geschick, vor dem dich Gott in seiner mitfühlenden Barmherzigkeit bewahrt hat.«

Wortlos stieg der König von seinem prächtigen Thron. Er vertraute die Regentschaft über sein Königreich seinem Bruder an, legte seine kostbaren Kleider ab und folgte Soly. Die beiden wanderten aus der Stadt heraus, erstiegen den Berg und zogen sich in die Höhle zurück.

Dort, fern von jeglicher Ablenkung, fern von den Freuden des Lebens und den Verlockungen der Macht lernte der König Seydu unter Solys Anleitung das Meditieren. Nachdem er sich dem einen Monat lang gewidmet hatte, wurde er sich seiner Fortschritte bewusst. Ermutigt setzte er sein Bemühen beständig fort, und schließlich lernte er, wie die Grenzen zu überwinden sind, welche die Kreaturen voneinander trennen. Er erkannte in seinem tiefsten Innern, wie eitel der menschliche Stand und das menschliche Streben sind in dieser so vergänglichen Welt. Er drang in das Geheimnis der Existenz ein. Er begriff, dass notwendigerweise jede Kreatur, vom bewegungslosen Stein bis hin zum Menschen, der mit seiner Denkfähigkeit so viele Wunder vollbringt, eine unwiderrufliche Daseinsberechtigung hat. Er lernte, allen Lebewesen, die, ob beseelt oder nicht, die drei Reiche der Natur bevölkern, Achtung entgegenzubringen. Dieses Bewusstsein prägte sich ihm so tief ein, dass er meinte, auf dieser Welt lebe kein einziges Wesen, das geringer wäre als seine eigene Person.

Angesichts des immensen Erkenntnisgewinns, den sein Schüler erzielt hatte, sagte Soly zu ihm: »Seydu, ich stelle beglückt fest, dass du nicht mehr der hochmütige König bist, für den andere Menschen nur Staubkörner sind, die man mit Füßen tritt. Nun weißt du, dass alles, was existiert, einzig in seiner Art und an seinem Platz ist, den niemand anders einnehmen kann, und dass alles auf das höchste Gute[*] hin ausgerichtet ist und sich stufenweise zu ihm hinbewegt. Dein Wesen, ich weiß es, ist von dieser Wahrheit durchdrungen, und der Stolz ist so vollständig aus deinem Herzen verbannt, dass du nichts mehr siehst, das geringer ist als du.«

»Das ist wahr«, antwortete Seydu. »Ich halte mich heute für das geringste der Geschöpfe.«

»Nun gut, eines Tages werde ich die Knoten für dich lösen, welche die Geheimnisse des höchsten Guten verschließen. Vorher aber musst du in der Welt umherziehen und dich bemühen, ein Wesen oder eine Sache zu finden, die du geringer schätzt als dich selbst.«

Seydu nahm Abschied von seinem Meister. Seine Pilgerschaft führte ihn auf alle Wasserläufe dieser Welt. Er bestieg Berge, Hügel und Anhöhen. Er besuchte Dörfer und Städte, Königspaläste und Diebesspelunken. Er befragte die Alten. Mit den Augen suchte er die Himmel ab, und in Gedanken erforschte er die Sternbilder und die Sterne. Er untersuchte sorgfältig, was die Flut an Land spülte und was die Ebbe mit sich in die Tiefen des Meeres zog. Kurz, er sah sich alles nur irgend Mögliche an, doch nirgendwo erblickte er etwas, das ihm von noch geringerem Wert erschien als er selbst. Jedes Mal, wenn er ein Objekt betrachtete, und sei es das bescheidenste, sah er in ihm einen Wert oder eine Eigenschaft, die ihn selbst überraschte.

Schließlich, als er felsenfest davon überzeugt war, dass er wirklich auf der untersten Stufe der Leiter stünde, entschied er sich heimzukehren und seinem Meister zu sagen, er habe auf dieser Erde nicht ein einziges Wesen oder kein Ding gefunden, das von geringerem Wert gewesen wäre als er selbst.

Auf dem Weg nach Hause kam ein Moment, wo er den Drang ver-

---

[*] Wörtlich *boural*: das, was das Beste ist, die Quintessenz

spürte, »in die Büsche zu gehen«, wie man sagt, um einem natürlichen Bedürfnis nachzukommen. Er schlug sich in ein Gebüsch. Als er den Boden näher in Augenschein nahm, fiel sein Blick auf einen nun völlig vertrockneten Haufen Exkremente, den er dort auf dem Hinweg hinterlassen hatte. »Endlich!«, freute er sich, »endlich habe ich gefunden, was ich suchte, denn – daran gibt es wohl keinen Zweifel – ich bin doch zumindest mehr wert als meine eigenen Ausscheidungen!«

Er streckte seine Hand aus, wollte die getrockneten Überreste ergreifen und mitnehmen, um sie seinem Meister zu zeigen, doch, welche Überraschung, plötzlich hörte er aus dem Haufen eine Vielzahl kleiner Stimmen! Jedes Korn, jedes Molekül dieser niederen Materie jammerte und flehte:

»Gnade, oh Mensch, erspare uns deine verderbliche Berührung! Ursprünglich entstammen wir duftenden Blumen und waren wohlriechende Samenkörner. Als du zum ersten Mal in unsere Nähe gekommen bist, wurden wir zu Mehl zerstampft und gingen so unserer wesentlichen Tugend verlustig, die in der Kraft bestand, uns zu reproduzieren und unsere Art fortzupflanzen. Bei deinem zweiten Kontakt mit uns wurden wir in Lebensmittel verwandelt, und so, wir erkennen es an, wohlschmeckend und nahrhaft. Beim dritten Kontakt aber hast du uns in dich aufgenommen. Aus diesem intimen Verhältnis kamen wir stinkend heraus! Tagelang waren wir ein Objekt des Ekels, stiegen Vorübergehenden in Nase und Kehle. Nun, da wir endlich von der Luft gereinigt und von der Sonne getrocknet sind, nun, da wir nicht mehr ein ›längliches stinkendes Etwas‹ sind, auf das man einmal und nie wieder einen Blick wirft – wenn du uns jetzt wieder aufnimmst, was soll dann aus uns werden? Wir bitten dich, oh Sohn Adams, du gleichermaßen nichtswürdiges und feinsinniges Geschöpf, geh deines Weges! Wir fürchten, dass wir, wenn du uns berührst, diesmal etwas werden, das weder Feuer noch Wasser noch Luft jemals reinigen können!«

Tieftraurig kehrte Seydu zu seinem Meister zurück. Er erzählte ihm seine Geschichte und schloss: »Ich bin wirklich das niederste aller Wesen, denn ich bin noch weniger wert als meine eigenen Hinterlassenschaften!«

Der fromme Mann erhob sich. Er legte seine Hände erst auf Seydus Kopf, dann auf seine Stirn und seine Brust. Er sagte ihm: »Mein Bruder in Gott, deine Seele hat den Gipfel der Weisheit erreicht. Wer von dem Gefühl durchdrungen ist, er sei die elendeste aller Kreaturen, der hat den Zenit des spirituellen Lebens erlangt. Kehre nach Hause zurück und setze dir deine Krone wieder auf. Von nun an zählst du zu der winzigen Zahl Könige, die nicht vom Glitzern ihres Diadems geblendet werden. Du wirst ein ›initiierter König‹ sein. Erleuchtung und Frieden, Liebe und Barmherzigkeit können nur auf der Erde herrschen, wenn alle die, die Macht ausüben, initiiert sind wie du.«

Allem Anschein nach wartet die Menschheit noch immer auf diesen glücklichen Tag …

Der König und der Narr

Ein Märchen der Fulbe

Tief im Wald regierte einst ein despotischer König mit Namen Hediala*. Jeden Morgen ließ sich dieser König eine neue Bosheit einfallen, die die Köpfe seiner Untertanen in Angststarre versetzte.

Sosehr sich seine Ratgeber auch abmühten, Hediala, der störrisch war wie ein Maultier, hatte ein für alle Mal entschieden, dass er alle diejenigen zu quälen gedachte, die von sich reden machten. Die Stirn immer gerunzelt, hob er seinen Arm nur, wenn er Schläge austeilen, und öffnete seinen Mund nur, wenn er Flüche von sich geben wollte. Von den einen verlangte er, sie müssten Flammen verschlucken, von anderen wiederum, sie sollten ein scharfes Messer ablecken, und weiß Gott was noch alles!

Es lebte aber in der Gegend ein Mann, der dafür bekannt war, dass er viele Dinge wusste. Jeder rühmte seine große Weisheit. Für Hediala reichte das schon, um ihn schikanieren zu wollen; also bestellte er ihn zu sich. Am Tag der Begegnung versammelte sich eine große Menschenmenge, alle wollten sehen, was geschehen würde.

»Mir ist zu Ohren gekommen«, sagte der König, »dass du dich damit brüstest, alles zu wissen.«

»Mein Gebieter«, antwortete der Weise, »ich habe niemals behauptet, dass ich alles weiß. Ich kenne nur das, was ich weiß. Und das, was

---

* Lautmalerischer Begriff der Fulbe, der Angst ausdrückt

ich weiß, ist nur ein Wassertropfen, wohingegen das, was ich nicht weiß, einem immensen Ozean gleicht.«

»Aha, aha! Du weißt also nichts, und doch tarnst du dich inmitten deiner sogenannten Schüler! Wie auch immer, du musst nun in den kleinen Wissenstropfen hineintauchen, vielleicht findest du dort die Antwort auf meine Frage: Wenn man einen Stößel in einen leeren Mörser fallen lässt, kommt das Geräusch, das dabei entsteht, vom Mörser oder vom Stößel? Denke gut nach und antworte, oder ich lasse dich auf der Stelle hängen!«

Der Weise schwieg einen Moment, dann sagte er: »Das Geräusch kommt von beiden.«

»In welchem Verhältnis verteilt sich dann aber die Lautstärke?«, fragte der König weiter.

Der Weise, der darauf nicht antworten konnte, blieb stumm.

»Beeile dich, berühmter Weiser, dessen Wissen zwischen einem Stößel und einem Mörser zerstampft wurde!«

In diesem Augenblick drängte sich ein Narr durch die Menge und baute sich vor Hediala auf.

»Oh, mein König!«, rief er. »Nur ein Mensch, der an einer Gehirnerschütterung leidet, kann eine solche Frage stellen, denn wer sie zu beantworten weiß, muss eine Macke haben. Also bin ich es, der dir Genugtuung verschaffen wird.« Und er holte mit seinem Arm aus und verpasste dem König eine so kräftige Ohrfeige, dass man sie im ganzen Dorf hörte. Dann brach er in Lachen aus: »Nun sage mir, oh König! Kam das Klatschen von meiner Hand oder von deiner Wange und in welchem Verhältnis?«

Merke: Manchmal braucht man einen Narren, um einen Despoten zu belehren.

Djinna Nabara, der gelähmte Geist

Ein Märchen der Marka

In den alten Zeiten lebte ein sehr mächtiger König in dem angenehmsten aller Königreiche. Das Land besaß alle möglichen Reichtümer in Hülle und Fülle. Seine Bewohner verlebten friedliche Tage.

Der König war so überaus glücklich, dass er darüber den Tod vergaß und nicht mehr wusste, was das Wort »Unglück« bedeutet.

»Wie kann es bloß sein«, fragte er sich in seinem Innersten, »dass ein Mensch unglücklich ist?«

Vielleicht um ihn zu strafen, schlug Gott sein einziges Kind, seinen viel geliebten Sohn, mit einer vollständigen Lähmung. Sieben Jahre lang war das Kind an sein Bett gefesselt. Der König lernte den Schmerz kennen und die Hoffnungslosigkeit. Er starb tausend Tode. Die Traurigkeit drang in alle Kammern seines Herzens. Er war noch unglücklicher als der kleine Kranke selbst! Das Leben, das bisher für ihn wie ein Festtag ohne Abenddämmerung gewesen war, wurde zu einer finsteren Nacht, der keine Abendmahlzeit voranging.

Überall suchte der König nach einem Heilmittel gegen das Übel, an dem der junge Prinz litt, und scheute dabei keine Kosten, doch umsonst. Es war vergebliche Mühe und vertanes Vermögen. Keiner der Heiler, Hellseher und Zauberer, die sich am Bett des Kindes abwechselten, konnte dessen Gesundheit wiederherstellen, ja, ihm nicht einmal die mindeste Linderung verschaffen.

Eines Tages erschien eine alte Frau am Eingang des Palastes. Sie war weißhaarig, zahnlos, bucklig, und überdies hinkte sie. Eine übel riechende Flüssigkeit lief ihr aus den Nasenlöchern. Aus ihren verquollenen Augen sickerten heiße Tränen. Sie verlangte, zum König vorgelassen zu werden. Die Wache drängte sie grob zurück. Darauf stieß sie einen markerschütternden Schrei aus, so dass die Erde davon erbebte.

Der König stürzte, auf das Äußerste erschrocken, aus seinen Gemächern. Wer hatte den grauenhaften Schrei ausgestoßen? Man stellte ihm die weißhaarige Alte vor.

»Warum hast du so laut geschrien, gute Alte?«, fragte er sie.

»Ich bin gekommen, oh großer König, dir eine Nachricht zu überbringen, die alle deine Tränen versiegen lassen wird, doch man hat mir die Tür zu deinem Palast zugeschlagen. Deshalb habe ich geschrien.«

»Zögere nicht und sprich, gute Alte! Ich höre dir zu wie ein folgsamer, aufmerksamer Schüler.«

»Sei es! Ich habe erfahren, dass du seit Jahren überall im Königreich einen Heiler suchst. Doch im ganzen Universum gibt es nur ein einziges Wesen, das die Krankheit heilen kann, an der dein Sohn leidet: Das ist Djinna Nabara, der gelähmte Geist[*]. Man sagt, dass er absolut alles weiß! Er wohnt zwischen Erde und Himmel in einer vollkommen unzugänglichen Gegend. Einmal in der Woche kommt er aber, um seinen Durst zu stillen, zu den Wassern des blauen Teichs, der sich im roten Tal befindet, am Fuß der gelben Berge. Wenn jemand deinen Sohn retten kann, dann er.«

»Sag mir, gute Alte, wie stelle ich es an, dass ich mit diesem Geist in Verbindung trete? Er gehört nicht zu meinen Untertanen, und ich habe nicht über ihn zu gebieten.«

»Du musst ihn fangen.«

»Wie könnte ich einen Geist fangen, der eine ganze Armee im Handumdrehen vernichten kann?«

Die Alte lachte auf: »Die List ist viel stärker als die Macht der Waffen! Oh König! Ich fühle mit dir in deinem Schmerz. Daher werde ich dir sagen, was du tun musst, wenn du Djinna Nabara fangen willst.

[*] »Gelähmter Geist« ist die wörtliche Übersetzung von »Djinna Nabara«.

Gib allen Dörfern in deinem Königreich den Befehl, dass sie so viel Met wie nur irgend möglich herstellen sollen. Dann lass das berauschende Getränk an das Ufer des Teiches bringen, wo der Geist seinen Durst stillt, und ordne an, dass es ins Wasser gegossen wird.«

Wie gesprochen, so getan. Überall im Land sammelte man Honig. Kein Bienenkorb, keine Höhle in den Baumstämmen wurde vergessen. Als aller Honig zusammengetragen war, goss man ihn in das Wasser des Teiches, wo er fermentierte. Und wie gedacht wurde der Teich bald zu einem perlenden, schäumenden See aus Met.

Der Tag kam, an dem Djinna Nabara sich wie gewohnt zu dem Teich begab, um darin zu baden und seinen Durst zu stillen. Überrascht stellte er fest, dass das Wasser die Farbe gewechselt hatte. Er nahm einen Schluck und ließ ihn durch seine Kehle rinnen. Er fand, es schmeckte köstlich nach Honig, und dachte: »Sicher hat Gott das Wasser verändert, weil es dem Gaumen schmeicheln soll …« Er trank also davon in langen Zügen. Schließlich stürzte er, vollkommen berauscht, wie ein gefällter Baum zu Boden und fiel in einen tiefen Schlaf.

Der König hatte drei Jäger zum Teich geschickt mit dem Befehl, den Geist zu fangen, ohne ihm etwas anzutun. Als sie sich sicher waren, dass der Schlaf ihn überwältigt hatte, umstellten sie ihn und warteten geduldig, ohne seinen Schlummer zu stören, bis er erwachte.

Als Djinna Nabara die Augen öffnete, sah er sich von drei Söhnen Adams umzingelt, die ihn bedrängten, ihm aber offensichtlich nichts Böses wollten.

»Wer seid ihr, und was habt ihr mit mir vor?«, fragte er sie. »Ich sehe wohl, dass ihr mir nicht übelwollt, sonst wäre es euch ein Leichtes gewesen, mich im Schlaf zu fesseln.«

Der oberste Jäger ergriff das Wort: »Unser König«, sagte er, »hat als Thronfolger allein seinen einzigen Sohn, den er zärtlich liebt, doch der ist krank und seit sieben Jahren an sein Bett gefesselt. Der König hat Himmel und Erde in Bewegung gesetzt, um einen Heiler zu finden, der sein Kind gesund machen kann und in sein Herz die Freude wieder einkehren lässt, aber vergeblich.

Dann ist vor einigen Tagen eine alte Frau, mit weißen Haaren und von hinfälliger Gestalt, zum König gekommen und hat von dir gesprochen. Sie hat ihm gesagt, dass du alles weißt, was man auf Erden wie im Himmel wissen kann, und du allein könntest den jungen Mann heilen, der die Hoffnung eines ganzen Volkes verkörpert. Also haben wir dich in einen Rausch versetzt, damit wir mit dir sprechen können. Der König fleht dich an, du mögest seinen Sohn behandeln. Er gibt dir, was du verlangst, und wird dir ewig dankbar sein.«

Djinna Nabara brach in Lachen aus. Dann erhob er sich fügsam und ging widerstandslos mit den Jägern.

Unterwegs begegneten ihnen drei Männer. Die ersten beiden waren Goldsucher. Sie baten gerade den Dritten, einen Wahrsager, der an einen Baumstamm gelehnt saß, er möge ihnen unter Zuhilfenahme seiner Kunst entdecken, wo sie eine gute Ader des edlen Metalls finden könnten. Djinna Nabara sah die drei Männer an. Er grüßte sie, und sie grüßten zurück. Dann, beim Weitergehen, brach er ein zweites Mal in Lachen aus.

Schließlich waren die vier Gefährten ohne weitere Zwischenfälle am Tor des Palastes angelangt. Sie traten in den Hof, dann empfing sie der König in seinem Schlafgemach. Als er über die Schwelle des königlichen Gemachs schritt, brach Djinna Nabara zum dritten Mal in Lachen aus. Der König schenkte dem keinerlei Beachtung, dachte er doch immer nur an die Heilung seines geliebten Sohnes, des einzigen Sprösslings seiner trägen Lenden. Er begrüßte Djinna Nabara und entschuldigte sich für die Art und Weise, wie er ihn hatte zu sich holen lassen, die nur durch sein tiefes Leid zu rechtfertigen war. Der Geist nahm die Entschuldigung des Königs an, dann sagte er: »Oh König! Ich kann tatsächlich deinen Sohn heilen, und das schneller, als du es dir vorzustellen vermagst, aber nicht, bevor nicht drei Bedingungen erfüllt sind, und zwar durch drei Personen: durch deinen Wesir, deine Lieblingsfrau und dich selbst.«

»Was sind das für Bedingungen?«, fragte der König.

»Jeder von euch Dreien muss hier sofort und ohne jede Einschränkung eine nicht anfechtbare Wahrheit enthüllen – eine Wahrheit, die einem geheimen Wunsch eures Herzens entspricht, die ihr aber normalerweise nicht laut und vernehmbar aussprechen würdet. Eure Ehrlichkeit wird wie ein Lichtstrahl die Dunkelheit vertreiben, die den jungen Prinzen daran hindert, gesund zu werden.«

Der König wandte sich an seinen Wesir: »Oh Wesir! Du, der du mir mit so großer Hingabe dienst, du hast das Wort.«

Der Wesir schaute verlegen erst nach rechts, dann nach links. Dann senkte er den Kopf, sagte aber nichts.

»Hab keine Angst«, machte ihm der König Mut. »Hebe deinen Kopf und sag ehrlich, was dein Wunsch ist und was du noch niemals laut auszusprechen gewagt hast.«

Der Wesir zögerte noch. Der König ließ nicht locker: »Ich gebe dir mein Ehrenwort, dass du, wie bizarr der Wunsch auch immer sein mag, den du uns offenbarst, nicht bei mir in Ungnade fallen wirst und ich keinen Groll gegen dich hegen werde.«

Der Wesir hob den Kopf und sagte: »Oh edelmütiger König, dem ich alles verdanke, bis auf das Leben, das ich, vermittelt über meine beiden Erzeuger, von Gott erhalten habe! Ich bin bereit, mein Leben zu geben, wenn ich damit das deines Sohnes rette, denn du hast mich auf den zweiten Platz in deinem Königreich erhoben. Ich habe Vorrang und Autorität über alles, mit Ausnahme deiner Person allein. Du billigst alle meine Entscheidungen, und ich kann sogar sagen, dass manchmal ich es bin, der deine vorbereitet. Und trotz allem, tief in meinem Herzen muss ich mir eingestehen, dass ich es vorzöge, ich wäre an deiner Stelle und sähe dich an meiner. Nun, das ist die Wahrheit! Der Traum eines jeden Zweiten ist es, eines Tages der Erste zu werden.«

Djinna Nabara beugte sich vor und schlug ihm in die Hand. »Du hast wahr gesprochen!«, rief er. »Das ist tatsächlich eine Wahrheit, die ganz tief im Innern gedacht, aber nicht laut ausgesprochen wird.«

Nun war es an der Gemahlin des Königs zu sprechen. Sie sagte: »Es stimmt, mein Gemahl ist ein großer König, und ich bin seine Lieblingsfrau. Er ist reich und großzügig, er überschüttet mich mit allen möglichen Gütern: Gold, Silber, Edelsteine, feine Kleider, köstliches Essen, nichts fehlt mir. Trotzdem bin ich nicht vollkommen glücklich. Auf dem Gebiet der Liebe bleibt mir der Hunger. Sicher, mein Ehemann widmet mir mit seinen siebzig Jahren das wenige an Kraft, das ihm bleibt, doch das genügt nicht, um meine Hitze zu kühlen. Anstelle allen Goldes und Silbers dieser Welt würde mein Herz von fünfundzwanzig Jahren einen jungen, kräftigen Ehemann bevorzugen, selbst wenn er ein Stallbursche oder einfacher Bauer wäre, jedenfalls eher als einen reichen, aber vom Alter geschwächten Gemahl. Eine Frau wird es immer vorziehen, die süßen Nächte mit einem potenten Gefährten zu verbringen, müsste sie mit ihm auch den ganzen Tag den steinigen Boden eines unergiebigen Feldes umgraben, anstatt prunkvolle Tage zu verleben, denen Nächte folgen, in denen keine leidenschaftliche Umarmung ihren Körper befriedigt und ihre Seele besänftigt.«

Djinna Nabara rief: »Keine Wahrheit könnte augenfälliger sein! Du bist wirklich die ehrlichste Frau deiner Zeit!«

Er wandte sich zum König und sagte ihm: »König, dein Wesir und deine Gattin haben wahrheitsgetreu gesprochen. Wirst du nun deinerseits das geheime Verlangen enthüllen, das du in deinem Herzen verbirgst und von dem du wünscht, Gott selbst möge es nicht kennen?«

»Auf jeden Fall«, erklärte der König. »Wie ihr wisst, bin ich der oberste Befehlshaber über alle Länder zwischen den zwei Flüssen. Ich nenne Vorratshäuser voller Gold und Silber mein Eigen, und die Lager quellen über von dem, was dem Körper ein paradiesisches Wohlbefinden verleiht. Ich besitze mehr Reichtümer, als ich jemals ausgeben kann. Ich gewähre und erhalte prunkvolle Geschenke. Und trotz all meines Reichtums, die Sache, die mich am meisten auf der Welt erfreut, ist, wenn ich jemanden sehe, und wäre es ein armer Mann, der seine Hand zu mir ausstreckt und mir sagt: ›Nimm! Hier ist ein Geschenk für dich.‹ Und was mich am meisten anwidert und verdrießt, ist, wenn ich jemanden sehe, der seine Hand zu mir ausstreckt und mir sagt: ›Gib mir etwas.‹«

»Du hast wahr gesprochen«, pflichtete Djinna Nabara ihm bei. »Alle Weisen haben gesagt, dass der König, der gibt, ein außergewöhnlicher

König ist, denn die Eigenart von Königen besteht darin, dass sie mehr das Nehmen lieben als das Geben.«

Und er fuhr fort: »Ihr drei habt mutig eine verborgene Wahrheit ausgesprochen, die schwer zu sagen war. Die Bedingungen sind somit erfüllt, und ich werde euch sagen, wie ihr den Prinzen heilen könnt. Oh König, siehst du das schwarze Huhn hinter deinem Bett, das gerade legen will? Schlachte es und gib es deinem Sohn zu essen. Dann grabe die Knochen und das Fleisch, das nicht verzehrt wurde, in die Erde ein. Sobald die Reste verscharrt sind, wird dein Sohn geheilt sein.«

Der König ließ die Anweisungen ausführen. Sogleich konnte sein Sohn die Glieder wieder bewegen und sprang aus seinem Bett. Die Freude aller war unbeschreiblich. Das ganze Volk war in Feierstimmung.

Der König wollte Djinna Nabara mit Geschenken überhäufen, doch der lehnte ab. Er verabschiedete sich von allen und wollte gerade den Palast verlassen, als einer der Jäger, der am Geschehen von Anfang an beteiligt gewesen war, zu ihm kam und ihn bei der Hand nahm. »Guter Geist voller Wissen und Weisheit«, sprach er zu ihm, »seit wir uns begegnet sind, hast du dreimal gelacht. Warum?«

»Ich habe«, gab ihm Djinna Nabara zur Antwort, »über die menschliche Selbstherrlichkeit gelacht, und besonders darüber, mit welcher Selbstverständlichkeit die Menschen Dinge behaupten, von denen sie in Wirklichkeit gar keine Ahnung haben.

Man hat dem König gesagt, dass ich alles weiß. Doch ich wusste nicht einmal, dass der in das Wasser gemischte Honig mich berauschen und mir alle Kräfte rauben würde. Andernfalls wäre ich eurer Falle entkommen. Deshalb bin ich das erste Mal in Lachen ausgebrochen.

Ein zweites Mal habe ich gelacht, weil der Mann, der sich einen Hellseher nannte und eine Goldader suchte, unter einem Baum saß, dessen Wurzeln in die größte Goldmine reichen, die es zurzeit auf der Erde gibt.

Schließlich, als wir in das Schlafgemach des Königs eintraten, bin ich zum dritten Mal in Lachen ausgebrochen, weil der König ein Vermögen für die Heilung seines Sohnes ausgegeben hat, während das

Heilmittel sich in der Reichweite seiner Hand befand, direkt hinter seinem Bett!«

Bevor aber noch irgendjemand Zeit fand, seinen Mund zu öffnen und ihm eine weitere Frage zu stellen, verwandelte sich Djinna Nabara, der gute Geist, in Licht, flog davon und verschwand wie eine Sternschnuppe im All, ohne dass jemand hätte sagen können, er wäre den Himmel hinauf oder hinab gestoben!

So groß ist die Kraft aufrichtiger Demut und die befreiende Macht der Wahrheit! Nicht nur steigt Djinna Nabara sein Ansehen nicht zu Kopf, er sagt auch lieber die Wahrheit über sich selbst; darüber hinaus bringt er die drei Personen des Märchens dazu, dass sie ihre intimsten Geheimnisse gestehen, und befreit so ihr Herz – die Bedingung für die Heilung des jungen Prinzen.

Der Teich der Äffinnen

oder

Niemand hat die Wahrheit gepachtet

Eine moralische Geschichte der Fulbe

In den alten Zeiten erstreckte sich in Héli und Yoyoo, dem sagenumwobenen Königreich der Fulbe[*], ein dichter Wald, in dem Kräuter und Bäume aller Arten wuchsen. Mitten in diesem Wald lag ein großer See mit reinem, klarem Süßwasser, der jedoch sehr tief war. Kein Stab, kein Bambusstock, keine Liane war lang genug, um den Grund auszuloten.

Den ganzen Tag über konnte man beobachten, wie immer wieder neue Lebewesen aus dem Wasser auftauchten und sich im Wald verstreuten. Und jeden Tag blies der Wind auch Überbleibsel aller Art in den See, doch er verschmutzte nie und füllte sich auch nicht auf, denn sein wunderbares Wasser besaß eine Gabe: Es konnte alles verwandeln, was in den See hineinfiel.

Um den Teich herum wohnten Äffinnen und Affen aller Arten in den Zweigen der Bäume. Sie verbrachten ihre Zeit mit Schreien und Gestikulieren: Sie stritten und kämpften miteinander, bissen sich, zerfetzten sich das Fell … manchmal brachten sie sich sogar gegenseitig um! Was sie so entzweite, war ihre Meinungsverschiedenheit darüber, wie der See entstanden war, wie tief er war und was es mit seinem Wasser auf sich hatte. Jede Äffin, jeder Affe, aus welcher Familie sie auch immer

---

[*] Das Königreich Héli und Yoyoo ist das »verlorene Paradies« der Fulbe, aus dem sie, so die Legende, vor Urzeiten vertrieben wurden, um für immer als Nomaden durch die Welt zu ziehen. (A. H. Bâ: *Contes initiatiques peuls*, Paris 1994. S. 27-34.)

stammten, sahen den See auf ihre Weise, und jede Familie wollte ihre Ansicht mit aller Gewalt als die ideale und einzig wahre durchsetzen.

Während Affen und Äffinnen sich weiterhin gegenseitig beschimpften, sich gelegentlich auch umbrachten, schwammen die langschnäbligen Pelikane friedlich auf der Oberfläche des Gewässers. Von Zeit zu Zeit tauchten sie tief ins Wasser hinab und füllten die großen Taschen unter ihren Schnäbeln mit Fischen. Die Affen und Äffinnen hatten für sie nur spöttisches Geschnatter übrig.

Der Schreikranich setzte sein Horn an: »Kumaa! Kumaa! Kumaa!«, rief er. »Ich bin der Sänger aus der Familie der Stelzvögel, wir nennen lange Beine unser Eigen und einen kräftigen, spitzen Schnabel. Wie bei den Stämmen Israels gehöre ich zu einer der zwölf Arten, die meine Familie bilden. Weit bin ich gereist, ich kenne die Berge und Täler auf der ganzen Welt, ich kenne die Ufer von tausend und abertausend Wasserläufen.

Ihr tut mir leid, Äffinnen und Affen, die ihr euch über die Pelikane lustig macht! Ihr wisst nicht, welche Bedeutung sie haben und welche Fähigkeiten sie auszeichnen. Sie sind hingebungsvolle Eltern, vorzügliche Schwimmer und großartige Fischer. Und wenn sie fliegen, sind sie als Segler unübertroffen. Sie können auf der Welt überall leben: in den Lüften, auf der Erdoberfläche, auf dem Wasser und in der Tiefe der Meere. Mag sein, dass ihr Gang unbeholfen ist, wenn sie sich auf dem Land fortbewegen – damit rufen sie uns aber nur die Schwerfälligkeit der Leute ins Gedächtnis, die sich für vollkommen halten und über andere die Nase rümpfen.

Oh, ihr Engstirnigen aller Gattungen! Wisset, dass euer Ideal, was immer es auch sei, niemals das einzige und das bestmögliche sein kann. Äffinnen und Affen, bekämpft euch nur weiterhin mit aller Wut! Nie werdet ihr erfahren, wie tief der See ist und wie seine Wasser beschaffen sind. Ihr schafft es nur, das Wasser eures inneren Tümpels zu trüben. Niemals aber wird es euch gelingen, den großen See, den Quell des Lebens, des Friedens und der Harmonie, zu beschmutzen.«

Die Besten der Bambara-Ritterschaft

Eine Erzählung der Bambara

Auch Afrika besaß seine Ritterschaft. Obwohl sie bei Weitem nicht so organisiert war wie die europäische Ritterschaft, gehörten ihr doch nicht weniger tapfere Männer an, und ebenso wie in Europa hat sie das Ehrgefühl und den Herzensadel kultiviert.

In den alten Zeiten konnten die afrikanischen Ritter einem König dienen oder eigenständig handeln.

Die folgende Erzählung – als Beispiel aus vielen anderen ausgewählt – wurde mir von Siné Koumaré überliefert, einem der Tradition verbundenen Bambara.

»Das, was ich dir erzählen werde«, sagte mir Siné Koumaré, »ist eine wahre Begebenheit, die sich im Lande Kala* zugetragen hat, in jenem Land also, in das sich Toro Koro Mari, Bruder von Bna Ali und letzter Herrscher von Segu, zurückgezogen hatte, als er sich zum erneuten Kampf gegen die Tukulor von Amadu Seku rüstete, dem ältesten Sohn Al Hadsch Omars.«

---

* Kala liegt am linken Ufer des Niger zwischen Sokolo und Sansanding. In den Chroniken Westafrikas wird es häufig erwähnt.

Im Land Kala lebten zwei Krieger, die für ihre Kühnheit gleichermaßen berühmt waren. Und beide waren wahrlich Männer von Ehre, und das im doppelten Sinn des Wortes: Nicht nur waren sie mutig, sie konnten auch großherzig sein, ohne sich zu zieren. Sie waren zuvorkommend und immer heiter, boshafter Spott aber lag ihnen fern.

In der Stadt durfte ein *bilakoro** sich erlauben, sie an den Ohren zu ziehen, und selbst am Bart, ohne dass sie anders als mit Lachen darauf reagierten, manchmal sogar, bis die Tränen kamen, so groß war ihre Sanftmut. Doch sobald die Kriegstrommel dröhnte, die Trompeten und Metallzylinder ihre Alarmrufe erschallen ließen und in der Ferne das Pulver der Angreifer eine deutliche Sprache sprach, wurden sie wieder zu dem, was sie niemals aufgehört hatten zu sein: furchtlose Ritter, unbesiegbare Kämpfer, die alles niederschlugen auf ihrem Weg, ebenso mühelos, wie eine Überschwemmung in überfluteten Tälern das hohe Gras niederbeugt.

Der Ältere der beiden nannte sich Kala N'dji Koroba, was der »Älteste von Kala« bedeutet oder »Großer Bruder aus Kala«. Den Jüngeren nannte man Kala N'dji Thieni, das heißt »Jüngster von Kala« oder »Kleiner Bruder aus Kala«.

Kala N'dji Thieni hatte die Kraft und die Furchtlosigkeit der Jugend auf seiner Seite. Er war vom Ehrgeiz dessen beherrscht, der seine Bestimmung darin sieht, er müsse das Kostbarste und das Seltenste erobern, was die Erde hervorbringt. Er glaubte, dass die Taube nur deshalb in den Zweigen saß und gurrte, weil sie ihn bei seinem Vorbeigehen grüßen wollte. Er glaubte, dass der Trompetenvogel seinen Schnabel nur öffnete, um Loblieder auf ihn zu singen, und dass die Blumen in den Tiefen der Wildnis ebenso wie jene, die nach Regenfällen in den Ebenen sprossen, ihre Blüten nur öffneten, um ihn anzulächeln und seinen Weg mit ihrem Duft zu erfüllen!

Die Griots sagten: »Kala N'dji Thieni ist so tapfer, dass er jeden Morgen den Tod in seinem Bett aufweckt, indem er ihn am Schwanz zieht!«

---

* Noch nicht beschnittener Knabe

Was Kala N'dji Koroba angeht, so war er ein Meister der Waffen und ein unvergleichlicher Schütze. Auch war er der Mann, der es am wenigsten auf der Welt eilig hatte, ein Mann, der sich durch nichts erschüttern ließ!

Wenn Kala N'dji Thieni einem Kämpfer begegnete, so maß er sich todsicher mit ihm; Kala N'dji Koroba hingegen maß sich nie mit einem Kämpfer, ohne dass er einen Leichnam zurückließ.

Kala N'dji Thieni stürzte sich auf den Feind mit der Geschwindigkeit eines Adlers, der seine Beute schlägt. Auch passierte es ihm häufig, dass er sich mit besonders zähen Gegnern einließ; diese rissen ihm manchmal wohl ein paar Haare aus, jedoch gelang es ihnen nie, ihn zu besiegen. Kala N'dji Koroba hingegen, das war der alte, mit allen Jagdkniffen vertraute Löwe. Wenn er einen Angriff führte, war der unabwendbar; wenn sein Gegner sich auf ihn stürzte, wich er geschickt aus, griff seinerseits an und streckte ihn mühelos nieder. Trotz seiner Vorsicht war er ein wahrhaftiger Löwe, aber ein sich manchmal erhaben fühlender Löwe, der wusste, dass man auf dem Schlachtfeld nichts überstürzen soll.

Kala N'dji Koroba, *sakanapat-ti!,* verdammt!, richtete seine Waffe nur dann auf ein Ziel, wenn er auch den Abzug betätigte, und nie wurde der Abzug gedrückt, ohne dass sein Gewehr einen blitzartig herausgeschleuderten Tod ausspuckte. Kala N'dji Korobas Schüsse wurden unweigerlich von einem gigantischen, nicht enden wollenden Echo begleitet, das Affen und Eichhörnchen durch Mark und Bein ging und sie für lange Zeit durch das dichte Blätterwerk tanzen ließ. Wenn Kala N'dji Koroba einem Mann auf die Stirn zielte und ihn verfehlte, dann nur aus Mitleid. In einem solchen Fall begnügte er sich damit, ihm ein Auge auszuschießen, und erhöhte so die Zahl der Einäugigen, jener Pechvögel, denen man am frühen Morgen, wenn man sich gerade von seinem Nachtlager erhoben hat, auf keinen Fall begegnen möchte …

Trotzdem, manche Leute sagten sich im Stillen – keiner von ihnen sagte es laut, auch nicht halblaut: »In ganz Kala würde niemand es wagen, sich mit Kala N'dji Koroba zu messen, mit Ausnahme von Kala

N'dji Thieni. Er wäre der Einzige, der in Kala N'dji Korobas Fußstapfen treten könnte, wenn dieser dahinscheiden sollte.«

Solch ein Vergleich war kaum von der Art, die Kala N'dji Koroba gefiel. So erklärte er eines Tages öffentlich: »Sollten die Leute von Kala mich weiterhin mit Kala N'dji Thieni, dem kleinen »Jüngsten von Kala«, vergleichen, werde ich seinen Rücken in sein Gesicht und sein Gesicht in den Rücken verwandeln, und danach wird sich die Erde weiterdrehen, als ob nichts passiert wäre!«

Seit er diese Worte ausgesprochen hatte, wurde Kala N'dji Korobas Herz fortwährend von der Stimme Satans bedrängt, dem »Schlechten Ratgeber«, der ihm einflüsterte, er solle doch Kala N'dji Thieni, jener kleinen Katze, die den rotmähnigen Löwen spielen wollte, den Lebensfaden in der Mitte durchschneiden.

Freunde von Kala N'dji Thieni hatten von der Drohung Kala N'dji Korobas Wind bekommen. Sie setzten ihren Gefährten davon in Kenntnis, denn er sollte wissen, dass der alte Löwe in seinem Herzen feindliche Gefühle ihm gegenüber hegte.

Kala N'dji Thieni antwortete ihnen: »Meine Freunde, ich danke euch für die Warnung, doch seid unbesorgt: Kala N'dji Koroba wird mein Leben niemals bekommen! Und wisset, selbst wenn die ganze Welt vor ihm zittert, ich für meine Person habe mich in seiner Gegenwart nie anders als im Angesicht eines Helden gefühlt, dessen Taten ich nacheifern und in dessen Spuren ich wandeln will. Natürlich will ich nicht in Abrede stellen, dass Kala N'dji Korobas Schnurrbart dicht und sein Backenbart unverwüstlich ist. Wer aber sagt euch, dass ich ewig bartlos und ohne Schnurrbart bleiben werde? Und hier füge ich, an die Adresse von Kala N'dji Koroba gerichtet, hinzu, man darf nie aus dem Auge verlieren, dass der riesige Baobab, dem selbst der Elefant im tiefsten Wald mit Respekt begegnet, aus einem Saatkorn entstanden ist, das kaum dicker ist als das der Buschbohne von Baninko!«

Die Herausforderung war also ausgesprochen und in die Welt gesetzt ... in Worten. Wie konnte man darangehen, sie in die Tat umzusetzen? Kala N'dji Koroba war es versagt – das verbot ihm die Tradition –, einen jüngeren Bruder* zu fordern. Er musste also eine günstige Gelegenheit abwarten. Diese ergab sich alsbald.

Im Land Kala lebte auch eine bezaubernde junge Frau mit Namen Téné Thiegni, »Schöner Montag«**. Sie war nicht nur eine Freundin Kala N'dji Thienis aus Kindertagen, sondern auch seine *Ton-Mussonin****. Bekanntermaßen wählt innerhalb der Altergruppen eines Dorfes jeder Junge aus der weiblichen Altersgruppe, die der eigenen entspricht, ein Mädchen, deren Freund, deren anerkannter Kavalier und Beschützer er wird. Er verteidigt sie unter allen Umständen und besingt ihre Schönheit, ihre Tugenden und ihre Vorzüge. Die Tradition gibt ihm das Recht, auf galante Art mit ihr zu scherzen****, doch sie legt ihm auch die Pflicht auf, ihre Sittsamkeit zu beschützen. Seine *Ton-Mussonin* ist so etwas wie seine »platonische Dame des Herzens«, und die höchste Ehre besteht darin, sie als Jungfrau zur Hochzeit zu führen, trotz der Momente von Vertraulichkeit, die sie manchmal zusammen erlebt haben.

Doch die Tradition hat ihre Gesetze, die nicht immer den kindlichen Neigungen entsprechen; und so geschah es, dass Kala N'dji Koroba aus Gründen traditioneller Familienverbindlichkeiten Téné Thiegni heiratete, die ihm schon in seiner Jugend versprochen worden war.

Seit jenem Tag fanden Kala N'dji Thienis Freunde ihren Spaß daran, ihren jungen Kameraden zu hänseln. Sie dachten sich einen Dialog aus, den zwei von ihnen jedes Mal zum Besten gaben, wenn Kala N'dji Thieni sich in ihrer Gesellschaft befand.

»Sag mal, Zan, kennst du zufällig, aber wirklich zufällig, eine junge Frau mit Namen Téné Thiegni?«

»Ich kenne sie sehr gut, mein lieber M'Pé.«

---

* Die jungen Leute eines nämlichen Dorfs werden entsprechend der traditionellen Bruderschaft der Savanne als Brüder angesehen.
** In Westafrika benennt man Kinder gelegentlich nach dem Wochentag ihrer Geburt.
*** Freundin aus einer assoziierten Mädchen-Altersgruppe. Die Fulbe nennen diese Freundin *fettiore*, »meinen Teil«. (Vgl.: A. H. Bâ: *Jäger des Wortes*, Wuppertal 1993, S. 222–29.)
**** Heute würde man »flirten« sagen.

»Bitte beschreibe sie mir! Denn ich, das kannst du mir glauben, ich kenne sie überhaupt nicht.«

»Ja gern, mein Bruder. Téné Thiegni, wie ihr Name es sagt, ist ein wahrhaft Schöner Montag. Sie ist die Schöne mit festen und vollkommen runden Brüsten! *Wallaye!* Allmächtiger! Sie ist schön im Profil, schön von vorn, schön von hinten, schön von allen Seiten! Sie ist eine Nymphe mit Zähnen so weiß wie Kaurimuscheln aus dem Morgenland, mit Lippen so schmal wie die der hellhäutigen Frauen weit aus dem Osten.«

»Und ihr Hintern, wie ist der?«

»Oh, M'Pé! Der Hintern von Téné Thiegni ist der schönste, den es auf der Welt gibt! Niemals wird jemand wieder solche Konturen erschaffen, denn die Form, die dazu diente, ihre Rundungen auszubilden, wurde von Geistern in das Himmelsgewölbe getragen, wo die Seelen sie bewundern, die auf dem Weg zur Menschwerdung sind.«

»Oh, Zan! *Alla kosso*, im Namen Gottes, sprich mir von Téné Thiegnis Gang!«

»Téné Thiegnis Gang? Welcher Rhythmus! Welches Hin- und Herschwingen! Der graziöse Schwung ihrer Hüften steht in nichts dem schmachtenden Straußenweibchen nach, wenn es sich zum Liebestreffen oben auf dem weißen Kamm der Dünen des Sahel begibt!«

»Es heißt, Téné Thiegni weiß ihren Körper harmonisch zu schwingen und zu wiegen. Stimmt das?«

»Aber ja, das ist die reine Wahrheit! Wenn Téné Thiegni ihren Oberkörper vor dem tugendhaftesten und treusten Ehemann hin und her schwänge, würdest du sehen, wie jener auf einem Bein zu hüpfen begänne; noch besser, du würdest ihn laufen sehen, was sage ich, galoppieren wie ein Fohlen, dem noch nie ein Sattel auferlegt wurde!«

»Und was würde ein Opferpriester des rituellen Messers[*] tun, wenn er vor ihr stünde?«

---

[*] Repräsentant öffentlicher Moral, denn rituelle Verbote untersagten ihm, jemals Ehebruch zu begehen und zu lügen.

»Wenn Téné Thiegni lächelnd auf ihn zuginge, wenn ihr Lächeln von einem verheißungsvollen Augenaufschlag begleitet wäre und sie zum Opferpriester sagen würde: ›Wenn du mich haben willst, zerlege dieses Messer in seine Einzelteile und gib es mir‹, dann würde er ihr mit der rechten Hand die geheiligte Klinge und mit der linken Hand den geweihten Griff überreichen!«

»Oho! Wo ist denn Téné Thiegni jetzt?«

»Oh weh! Téné Thiegni befindet sich in diesem Moment auf einer eisernen Barke. Das metallische Boot treibt auf einem tiefen Teich voller Reptilien, der mitten in einem so unwegsamen Wald liegt, dass er sogar Koro-Diarra, dem Großen Bruder Löwe, dem König des Dschungels, Angst und Schrecken einjagt.«

»Niemand kann nunmehr Téné Thiegni sehen oder mit ihr scherzen wie in den glücklichen Zeiten, als sie die Vollmondnächte hindurch den *Ko-Fili**[*]* tanzte und ihre langen *lempe* hinter ihr herflatterten, die beiden Baumwollbänder, die Zeichen der Jungfräulichkeit sind.«

»Und warum diese unglückliche Veränderung?«

»Weil der Brauch es so wollte, dass Kala N'dji Koroba sie geheiratet hat. Er hat die Kolanüsse gekauft und den Hochzeitsochsen geschlachtet. Er hat die geheiligten Stücke Salz übergeben. Er hat die Felder seiner Schwiegereltern bewirtschaftet. Und ja, als der Tag gekommen war, hat ein ausgewähltes Gefolge die beiden Eheleute zusammengeführt. Kala N'dji Koroba hat ein Glücksgefühl empfunden, das seine Unerschrockenheit nur stärken und seine Tage verlängern kann. Was Téné Thiegni angeht, so war ihr bewusst, dass sie nie wieder die *Ton-Mussonin* von irgendjemand sein würde. Wer ist der Verlierer, wer ist ›tot‹ in dieser Geschichte?«

Alle anwesenden Freunde antworteten im Chor: »Kala N'dji Thieni ist der Verlierer und tot! Warum? Weil er allein das Privileg häufiger Tête-à-Têtes mit der schönen Téné besaß, weil er allein ihr dienender Kavalier war.«

---

[*] Traditioneller Tanz der jungen Mädchen.

Danach klatschten die Freunde in ihre Hände und riefen immer wieder: »Ein Kavalier, der die Schlacht verloren hat! Ein Mann, der abgehängt wurde!«

Wie die Dinge standen, verzehrte sich Kala N'dji Thieni nach seiner Freundin aus Kindertagen. Mehr als alles andere trachtete er danach, die Frau wiederzusehen, die zu heiraten er so sehr gehofft hatte. Die Tradition hatte es ihm aber untersagt, ihre Hand in erster Ehe zu erlangen.

Die Zeit verging. Die lange Trennung vertiefte nur Kala N'dji Thienis Liebe, und die spöttischen Neckereien seiner Kameraden trugen das ihre dazu bei, dass er vollends den Kopf verlor. Schließlich fasste er insgeheim den Entschluss, in das Haus des Mannes einzudringen, dessen Name allein genügte, die schlimmsten Räuber in die Flucht zu schlagen, ja, selbst Krieger von hohem Ansehen.

Zu jener Zeit bedrohte eine fremde Armee das Land mit einer Invasion. Die Truppen von Kala, deren Prunkstücke unsere beiden Helden waren, brachen auf, sich den Angreifern entgegenzustellen. Nach einem Marsch von ungefähr zehn Kilometern gab der Anführer der Expedition den Befehl anzuhalten und entschied, dass sie dort auf den Feind warten sollten.

Kala N'dji Thieni konnte plötzlich an nichts anderes mehr denken als an die Frau, die er liebte. Er sagte sich: »Wer in den Krieg zieht, kann zurückkehren, doch seine Reise kann auch in dem geheimnisvollen Reich enden, aus dem man nicht wiederkehrt. Sicher, sterben ist das natürliche Ende jedes lebenden Wesens, und ich betrachte den Tod nicht als etwas Schreckliches. Doch sterben, ohne dass ich Téné wiedergesehen und ohne dass ich meinen eifersüchtigen und spitzzüngigen Freunden bewiesen habe, ich trotze jeder Gefahr, wenn es sich um sie, Téné, handelt – das, in Wahrheit, das ist mir unerträglich! Also muss ich sie wiedersehen, so oder so!«

Nachdem er einmal seinen Entschluss gefasst hatte, wollte er nur noch den Anbruch der Nacht abwarten und sich dann heimlich aus dem Lager entfernen.

Endlich kam die Stunde, da die Sonne, nachdem sie sengende Glut über die Landschaft verbreitet hatte, ihre Strahlen an sich zog wie ein wildes Tier, das, des Kampfes müde, seine Krallen einzieht. Kala N'dji Thienis Ungeduld war so groß, dass sie ihn davon abhielt, die prachtvolle Schönheit der Sonnenscheibe zu bewundern, wie sie in die Schatten der anbrechenden Nacht eintaucht. Als die Finsternis das Licht des Tages vollständig verjagt hatte, als die Hyänen und Löwen aus ihren Schlupfwinkeln krochen und jeder Busch das Aussehen eines Monsters im Hinterhalt annahm, war Kala N'dji Thieni überzeugt, nun sei der Moment gekommen, an dem er ins Dorf aufbrechen und vielleicht zum letzten Mal die schöne Téné wiedersehen sollte, diese junge, bezaubernde Bambara-Frau mit den durch eine kunstvolle Tätowierung hinreißend bläulich gefärbten Lippen.

Der junge Mann erhob sich sehr vorsichtig. Nachdem er leise seinen Sattel an sich genommen hatte, schlich er zu seinem Pferd und befreite es von seinen Fesseln. Immer noch ohne jedes Geräusch sattelte er das Pferd, bestieg es und verschwand im undurchdringlichen Dunkel einer mondlosen Nacht, die zu dieser Jahreszeit kein größerer Stern erleuchtete.

Auch Kala N'dji Koroba schlief nicht und sah daher, wie Kala N'dji Thieni sich davonstahl. Er fragte sich, warum er wohl mit fast verdächtiger Eile aufgebrochen war. Seiner Ansicht nach suchte der junge Mann, der in der Blüte seiner Jugend stand und von Ehrgeiz besessen, aber auch für seine wahnsinnige Unvorsichtigkeit bekannt war, sicher eine Möglichkeit, den Feind zu überraschen und ihn allein anzugreifen oder wenigstens der Erste beim Angriff zu sein, gierte er doch danach, seinen Ruhmesglanz noch heller erstrahlen zu lassen. Dieser junge Ruhm hatte in den Augen Kala N'dji Korobas schon viel zu viel Aufmerksamkeit erregt. »Ich lasse es nicht zu, dass der junge Irre eine nicht wiedergutzumachende Dummheit begeht«, sagte er sich. »Er ist für Kala eine wichtige Persönlichkeit. Ich werde ihm folgen, damit er mich, falls es Schwierigkeiten gibt, bereitfindet, ihm zu Hilfe zu eilen. So wird er lernen, dass das Löwenjunge immer auf die Lektionen des alten Löwen angewiesen ist und ganz besonders auf seine Unterstützung!«

Also sattelte auch Kala N'dji Koroba sein Pferd, griff nach seinen Waffen für den Angriffs- oder Verteidigungsfall und drang in das nächtliche Dunkel. Er folgte Kala N'dji Thieni in beträchtlicher Entfernung, denn er wollte keinesfalls entdeckt werden. Eine vollkommen überflüssige Vorsicht! Kala N'dji Thieni ritt im gestreckten Galopp und verschwendete überhaupt keinen Gedanken an mögliche Zusammenstöße. Er sah sich nicht ein einziges Mal um; offensichtlich erachtete er alle Gefahr als gering, die ihm von hinten zustoßen könnte. Er summte ein Kriegslied vor sich hin, dazwischen ein paar poetische Verse, die von hoffnungsloser Liebe sprachen.

Wie groß war Kala N'dji Korobas Verblüffung, als er an der Wegkreuzung sah, wie der junge Mann den Pfad nahm, der zum Dorf führte! »Wo zum Teufel will er denn hin«, fragte er sich. »Vielleicht hat er es versäumt, Gott durch ein Opfer gnädig zu stimmen, bevor er aufgebrochen ist? Oder hat er seine wirksamsten Amulette zu Hause gelassen? Oder ist er etwa zu einem galanten Rendezvous bestellt? Wie auch immer, folgen wir ihm, und wir werden es mit eigenen Augen sehen.«

Als er zu dem Weiler kam, bog der junge Mann ohne zu zögern in die Gasse ein, die nirgendwo anders hinführte als zum Wohnsitz von Kala N'dji Koroba. Der Verstand des »rotmähnigen Raubtiers« umwölkte sich, ihm sträubten sich die Haare, ihm blieb das Herz stehen! Und einen Augenblick lang, geradeso lang wie ein Lidschlag, stellte er eintausendeinhundertelf Vermutungen an, und zwar von den beruhigendsten bis zu den grausamsten. Die zwei Ideenformationen kämpften in seinen vier Herzkammern einen schweren Kampf. Schließlich siegten die schlechten über die guten.

Inzwischen war Kala N'dji Thieni vor dem Haus seines Waffenbruders angelangt. Er trat in den Vorraum, lief über den Hof und klopfte an Ténés Tür. Kala N'dji Koroba, dem das Herz zum Zerspringen pochte, war ihm gefolgt, schweigend wie ein Schatten. Er stellte sich in einen Winkel, von dem aus er alles sehen und hören konnte. Er hob sein Gewehr, schussbereit.

Einen Augenblick später war Ténés Stimme zu vernehmen: »Wer ist da?«

»Ich bin es, Kala N'dji Thieni. Ich muss dich sehen. Wenn du heraus-kommst, wäre das eine unendliche Freude für mich.«

»Mich um diese Zeit sehen? Bestimmt hast du mir eine schlechte Nachricht zu verkünden! Ich bitte dich, kläre mich schnell über mein Unglück auf!«

»Nein, nein, Téné Thiegni! Ich bin kein Unglücksbote. Im Gegenteil, ich bin zu dir gekommen, weil ich dir ein paar persönliche Worte sagen möchte, die nur mich etwas angehen. Danach verschwinde ich sofort wieder.«

»Na gut, was auch immer daraus entstehen mag!«, sagte Téné Thie-gni.

Sie sperrte die Tür weit auf, holte aus dem Schlafgemach eine Mat-te mit Ornamenten aus Massina[*], breitete sie auf dem Boden aus und legte an jedes Ende ein verziertes Lederkissen, das mit wohlriechen-den Körnern gestopft war. Sie zündete eine Öllampe an, holte ihren Korb mit Baumwolle und nahm an einem Ende der Matte Platz. Kala N'dji Thieni setzte sich an das andere Ende.

»Warum wolltest du mich sehen?«, fragte sie aufs Neue.

»Téné Thiegni … Wir sind Alterskameraden, nicht wahr? Ich habe dir immer Achtung entgegengebracht, ich habe immer deine Ehre ver-teidigt. Unberührt habe ich dich getroffen, unberührt habe ich dich dem Manne übergeben, dem du angehören solltest.«

»Du sprichst wahr«, antwortete die junge Frau. »Doch ich begreife nicht, dass du, der sich immer so zurückhaltend und so korrekt benom-men hat, obwohl ich dir wehrlos ausgeliefert war, dass du, der gewar-tet hat, bis ich das Eigentum eines anderen – und welch eines ande-ren! – geworden und für dich tabu bin, dass du mitten in der Nacht hier erscheinst und gegen alle Moralvorschriften der Bambara, gegen alle Anstandsregeln von Kala meine Tür einrennst. Nein, Kala N'dji Thieni, mein Bruder, sage mir schnell, du bist gekommen, um mir den Tod meines Mannes mitzuteilen, und du willst mich auf mein Unglück

---

[*] Königreich der Fulbe, im Gebiet des heutigen Mali gelegen

vorbereiten, bevor du es mir verkündest. Deine Rücksichtnahme rührt mich sehr, doch es ist mir lieber, wenn ich die Wahrheit weiß. Je schneller, desto besser für mich.«

»Nur Gott, der ihn erschaffen hat, kann deinen Ehemann töten«, erwiderte Kala N'dji Thieni. »Er ist ein wahrer Krieger …«

Kala N'dji Thieni hielt inne, als wäre er überrumpelt worden. Er holte seine Pfeife hervor, stopfte sie umbekümmert, kramte dann ein Baumwollsäckchen heraus, entnahm ihm einen Feuerstein, ein Stück Eisen und Zunder. Er nahm ein wenig Zunder, hielt ihn an den Stein und schlug mit seinem Stück Eisen zweimal heftig darauf. Funken sprangen vom Feuerstein und entflammten den Zunder. Der junge Mann steckte seine Pfeife an. In aller Ruhe tat er zwei Züge und blies den Rauch in die Dachsparren, unter denen er saß, Téné Thiegni ihm gegenüber. Lange Zeit betrachtete er die junge Frau mit verzehrendem Blick, endlich stieß er einen tiefen Seufzer aus.

In seiner finsteren Ecke hatte Kala N'dji Koroba die beiden jungen Leute noch immer im Visier. Er hängte sich sein Gewehr nun wieder über die Schulter, harrte aber weiter aus, ohne selbst zu wissen warum. Er spitzte dermaßen seine Ohren, dass ihm nichts von dem entging, was die zwei Liebenden – denn zweifellos liebte auch Téné ihren jungen Kameraden, selbst wenn sie ihrem Ehemann gegenüber loyal und treu blieb – sich sagen könnten.

Wie es Brauch war, spann Téné Thiegni ihre Baumwolle. Kala N'dji Thiegni sah ihr zu, ohne sie dabei zu unterbrechen.

In diesem Moment kam Téné Thiegnis Katze aus dem Haus. Sie machte einen Buckel und lief um ihre Herrin herum, als wollte sie Téné ins Zentrum eines magischen Kreises bringen, der nicht überschritten werden durfte. Dann legte sie sich zwischen die jungen Leute, mitten auf die Matte.

Téné ergriff wieder das Wort: »Ich habe immer gehört, wie die Griots und die Sklaven euch in einem Atemzug genannt haben, meinen Mann und dich. Ich möchte gern wissen, was für ein Krieger mein Mann ist. Kannst du mir sagen, wie du ihn einschätzt?«

»Die Griots und die Haussklaven sind Lügner, das ist allgemein bekannt. Sie erzählen vieles, was ihnen zu erzählen beliebt, doch wenig, was tatsächlich wahr ist. Sie kennen besser die schwarze Lüge denn die weiße Wahrheit. Wenn du wirklich etwas über deinen Gatten erfahren willst, so wisse …«

Im gleichen Augenblick war über ihren Köpfen, zwischen der Holzverstrebung der Decke und dem Strohdach, ein ungewöhnliches Geräusch zu hören. Die Katze hob ihre Augen. Ihr Blick kreuzte sich mit dem einer Maus, die mit anderen Mäusen am Strohdach nagte. Vor Schreck verlor das unglückliche Tier das Gleichgewicht und schlug fast genau zwischen den Pfoten der Katze auf, die es ohne Mühe erwürgte.

»Téné«, sagte Kala N'dji alsbald, »hast du gesehen, wie deine Katze mit der Maus umgesprungen ist?«

»Ja, sicher, ich habe es genau gesehen. Und ihr Kampf hat nicht lange gedauert.«

»Eben! Und genau so springt dein Gatte mit jedem Mann um, der sich mit ihm messen will. Er ist unbestritten der Tapferste unter den Kindern Kalas. Er ist das Vorbild, dem wir nacheifern. Noch nie hat er seinen Blick auf einen Mann gerichtet, ohne dass der sich vor Angst in die Hose gemacht hätte!«

»Ich bin stolz auf meinen Ehemann«, sagte Téné Thiegni, »und auch stolz auf dich, der ihn so gut kennt und es dennoch wagt, in sein Haus einzudringen.«

Nach einem Moment des Schweigens versuchte sie es noch einmal: »Bruder, bisher hast du mir noch nicht den Grund genannt für deinen nächtlichen Besuch, der uns beide befleckt und zwei frische Gräber öffnen könnte …«

»Nun gut, Téné, ich bin heute Abend gekommen, weil ich Abschied von dir nehmen möchte. Morgen ziehen wir in den Krieg. Wenn wir auf den Feind treffen, werde ich eine große Zahl von ihnen töten, das ist sicher, doch vielleicht werde ich ebenfalls getötet. Sterben aber, ohne dass ich vorher noch einmal dein silberhelles Lachen gehört habe, sterben aber, ohne dass ich noch einmal eine Kostprobe deiner süßen Worte vernommen habe, das würde mich dazu verdammen, jeden Tag aufs

Neue den Tod zu erleiden, dort im Lande jenseits des Grabes, wo man, wie es heißt, niemals stirbt.«

Das Gespräch ging friedlich weiter, ohne dass im Verhalten der beiden jungen Leute eine Absicht zu erkennen gewesen wäre, die das Herz eines Ehemannes hätte betrüben können.

Als Téné Thiegni erkannte, dass ihr Gefährte keinerlei Anstalten machte zu tun, was ein junger, starker Mann angesichts einer jungen, begehrenswerten Frau hätte tun können, fragte sie ihn: »Sag, Kala N'dji Thieni, du bist doch nicht etwa gekommen, weil du den Versuch machen willst, mich zu besitzen?«

»Nein, Téné, deswegen bin ich nicht gekommen. Die Frau, die ich nicht aufhöre zu lieben und zu achten, ehre ich und werde sie immerdar ehren, selbst wenn sie sich in meiner Gewalt befinden sollte.«

»Dann bist du vollkommen verrückt, dass du ein Haus betrittst, dessen Besitzer, wie du selbst gesagt hast, es fertigbringt, dass die anderen sich vor Angst in die Hose machen, wenn er sie nur ansieht. Du weißt genau, sollte mein Mann dich in seinem Haus erwischen, bei seiner Frau, würde er dich unverzüglich in die andere Welt befördern!«

»Ja, Téné, ich weiß das alles, doch ich muss dir gestehen, dass ich wirklich verrückt bin. Und es liegt in der Natur gewisser Irrer, dass sie sich unter Lebensgefahr Zutritt zu Orten verschaffen, die ihnen verboten sind, und sich dort für einen Moment aufhalten und Dinge bewundern, die sie nicht besitzen dürfen oder wollen. Téné, du bist für mich ein hoch geschätztes, hoch verehrtes Kleinod, das ich leidenschaftlich gern ansehe, selbst wenn es mich mein Leben kosten sollte, das ich aber niemals rauben werde.

Übrigens wird die Morgenröte bald den Tag anbrechen lassen und der Natur ihre Farben zurückgeben. Die süße Nacht wird uns ihre Komplizenschaft versagen. Ich muss daher fort. Ich möchte nicht, dass mein älterer Bruder Kala N'dji Koroba meine Abwesenheit bemerkt. Er würde glauben, ich sei tot, und wäre fähig, den Boden mit einer beträchtlichen Anzahl Schädel zu düngen, um mich zu rächen!«

Als er diese Worte vernahm, verließ Kala N'dji Koroba geräuschlos sein dunkles Versteck, eilte zu seinem Reittier und verschwand in der Nacht. Einige Augenblicke später tat Kala N'dji Thiegni es ihm gleich.

Am Tag darauf griffen unsere beiden Helden die feindlichen Soldaten an. Sie töteten viele, verwundeten eine große Zahl und brachten eine lange Reihe Kriegsgefangener ins Lager. Die feindliche Armee wurde in die Flucht geschlagen, und die siegreichen Truppen von Kala kehrten nach Hause zurück.

Wenige Tage nach ihrer Rückkehr ließ Kala N'dji Koroba seine Ehefrau einen Met der Spitzenklasse zubereiten. Er lud Kala N'dji Thiegni ein, den Met mit ihm zu trinken und dabei *m'pari** zu spielen.

Die zwei Spieler setzten sich einander gegenüber. Kala N'dji Koroba bat seine Frau, sie möge sich nicht entfernen und seinem Gast das Getränk darbieten.

Téné reichte den beiden eine erste Kalabasse Met. Kala N'dji Koroba leerte seine Schale, setzte sie ab und sprach die traditionelle »Lobpreisung« für das Getränk: »Trinkbare Flüssigkeit, doch auch hassenswerte Flüssigkeit, denn sie bringt einen schlichten Untertan dazu, Reden zu halten, die eines Herrschers würdig sind.« Danach nahm er zwei Holzstäbchen zwischen zwei Finger seiner rechten Hand und legte sie in eines der Spielfelder. »Trink, Gast!«, forderte er Kala N'dji Thieni auf, wobei er ihn herausfordernd ansah. Anschließend richtete er sich an die Holzstäbchen: »Macht es euch da in dem Loch bequem, um dem, der Ohren hat zu hören, Folgendes zu bedeuten: Vor ein paar Tagen wurden in Kala, unter dem Vordach eines Hauses, zu weit fortgeschrittener nächtlicher Stunde, im Schein eines Laternenlichts, gewisse Worte

---

* Dieses Spiel, früher in Westafrika sehr beliebt, wird genauso wie »Dame« gespielt; als Steine werden Stäbchen aus Holz und Stroh benutzt. Das Spielfeld besteht aus einem Viereck, das in den Sand oder Staub gezeichnet wird. Üblicherweise begleiten die *m'pari*-Spieler ihr Spiel mit Deklamationen, sei es Poesie oder Prosa. Oft sind diese Äußerungen provokativ und enthalten eine direkte oder indirekte Einladung zu einem Duell. Das kann sich auf den Austausch verletzender Bemerkungen beschränken, doch nicht selten ergibt sich aus einem *m'pari* auch ein Waffengang.

gesprochen. Und wenn sie anders gesagt worden wären, dann wäre heute in Kala das Oberste zuunterst gekehrt. Sorge und Angst würden regieren, als seien sie die Herren, und zwar derart, dass eine trächtige Kamelstute versuchen würde, durch ein Nadelöhr zu fliehen!«

Er hob seine Schale: »Kala N'dji Thieni, mein nachgeborener Bruder, lass uns trinken! Der Junge, der nicht trinkt, wird nie eine Herausforderung annehmen!«

Kala N'dji Thieni verstand die Anspielung. Es war nun an ihm, die Herausforderung auf die eine oder andere Art anzunehmen. Er verlor keine Zeit damit, sich zu fragen, wie Kala N'dji Koroba von seinem Treffen mit Téné Wind bekommen hatte, und auch nicht, wie er ihr Gespräch mitgehört haben konnte. Vielmehr steckte er zwei Strohstäbchen in ein Spielfeld und antwortete schlagfertig: »Ihr Strohstäbe des entschlossenen Gegenstoßes, nehmt dort Aufstellung, aufrecht wie eine junge Palme, deren Taille der stürmische Wind nicht biegen kann. Und sagt jedem, der es hören will oder nicht, Folgendes: Wenn derjenige, der gewisse Worte gesprochen hat, dort unter dem Vordach, wo die schönste und bewunderungswürdigste Frau von ganz Kala saß, den Verdacht gehabt hätte, ein drittes menschliches Ohrenpaar würde seine Worte mit anhören, dann wäre in der Stadt heute das Oberste zuunterst gekehrt! Und ganz Kala und die Welt mit ihm müsste das so erschüttert haben, dass der Niger in seine Quelle zurückgekehrt wäre – das wären mit Sicherheit die Folgen davon, wenn die Worte, die gesagt wurden, niemals ausgesprochen worden wären*!«

Nun reichte Téné Thiegni den beiden Kämpen eine zweite Kalebasse Met. Mit ihrer weichen Stimme sagte sie: »Wer einen herrenlosen Schatz findet und ihn unbeschadet bewahrt, bis sein Eigentümer auftaucht, ist der nicht ein vertrauenswürdiger und bewundernswerter Mann? Wie dem auch sei, ich sage: Eine Frau, die sich allen Männern hingibt, mit denen sie nach den Erfordernissen der Höflichkeit redet

---

* Kala N'dji Thieni lässt hier durchblicken, dass er, wäre ihm die Anwesenheit Kala N'dji Korobas bekannt gewesen, sein Loblied nicht angestimmt und sämtliche Vorsicht außer Acht gelassen hätte.

oder Scherze austauscht, ist nicht länger eine ihres Namens würdige Frau, sondern ein Brunnen am Eingang einer Karawanserei, zugänglich allen Reisenden, gleich welchen Standes oder welcher Kaste.«

Kala N‹dji Koroba setzte die Kalebasse an seine Lippen. Kala N'dji Thieni tat es ihm nach. Das Spiel ging weiter, und der Abend endete in Frieden und bei bester Laune.

Dank des anspielungsreichen Dialogs, den der m'pari erlaubt, konnte jeder so den Beweis für seinen Mut, seinen Adel und seine Selbstbeherrschung liefern. Im Übrigen wird nach der Tradition der Savanne der junge Mann, der seine Ton-Mussonin unberührt zu ihrer Hochzeit führt, der intime Freund der Familie, der Mann des Vertrauens und »zweiter Vater« des erstgeborenen Kindes. Es heißt: »Wer nicht von einem Gericht probiert hat, als er es in seiner Hand hielt, wird sich nicht niederbeugen und davon naschen, wenn das Gericht nicht mehr für ihn bestimmt ist …«

Die Geschichten dieses Bandes wurden aus folgenden Originaltiteln
zusammengestellt:

PETIT BODIEL et autres contes de la savane
© 1993, Nouvelles Éditions Ivoiriennes
© 1994, Éditions Stock

IL N'Y A PAS DE PETITE QUERELLE. Nouveaux contes de la savane
© 1999, 2000, Éditions Stock

Beide Bände wurden von Helène Heckmann herausgegeben,
die auch die Anmerkungen A.H. Bâs ergänzt hat.

Das vorangestellte Zitat wurde entnommen aus:
Amadou Hâmpaté Bâ, CONTES INITIATIQUES PEULS
KAÏDARA
© 1993, Nouvelle Éditions Ivoiriennes
© 1994, Éditions Stock

© Peter Hammer Verlag GmbH, Wuppertal 2013
Alle deutschsprachigen Rechte ausdrücklich vorbehalten
Lektorat: Annemarie Friedli
Umschlaggestaltung: Magdalene Krumbeck
mit einem Motiv von Juliane Steinbach
Typografie/Satz: Magdalene Krumbeck
Druck: fgb, Freiburg
ISBN 978-3-7795-0436-8
www.peter-hammer-verlag.de